吻、擁抱，直到男女通吃！

尾巴 Misa
插畫 Misty 糸田

Contents

第一章　愛神邱比特

「到底世界上所有的人，是怎麼有辦法確定自己喜歡誰呢？你不覺得這是一個很哲學的問題嗎？」林齊在吧檯一面與酒保說，一面喝著Mojito。

「怎麼知道自己到底喜歡男生還是女生呢？會不會我現在是男的，所以對女的有性趣？等到我變成女的，又對男生有性趣了呢？那這樣我到底是不是同性戀？」

酒保只是靜靜地聽，並且帶著專業的微笑，沒有太大回應。

「要是我可以變男變女的話，大概就能找到真愛吧！」

他喝得有點醉，這是今晚的第三間酒吧，第五杯調酒。

但不懂酒的他，每到一間店點的永遠都是Mojito。

紅暈在他本就白皙的肌膚上更顯色，他一手撐在臉頰，看著酒保只帶著營業式微笑的模樣，更加肆無忌憚地問：「你也有喜歡的人吧？你怎麼知道那就是喜歡呢？」

「這很簡單啊，要我教你嗎？」一位穿著深色西裝的男人坐到了林齊身邊，一手抬起他的下巴，拇指還在嘴唇上不安分地滑動，讓他的下唇紅潤起來。

第一章 愛神邱比特

酒保瞇起眼睛，挑起一邊眉毛，這年頭怎麼樣的關係都有，站在這他早已見怪不怪，只要維持著專業的微笑，不需要應答，靜靜地調酒、看著就行。

這就是他的生存之道。

「怎麼樣？」林齊雙眼迷濛，眼前的男人長得可真帥呀。

「就是先試試看身體相不相合囉。」男人靠向林齊，但並沒有吻他，只是將氣息噴吐在他的臉上。

林齊覺得有一點興奮，男人身上的味道很香，散發的費洛蒙也很性感，加上長相十分帥氣，身材也不錯，就外型看來，是林齊認為上床也沒問題的對象。

問題是……

「你也太誇張了吧，在這邊釣男人？Gay就請去Gay Bar好嗎？」一個穿著貼身洋裝的女人擠開了男人，硬是塞到了他們中間。

「他看起來也興致高昂啊。」男人一笑，比了一下林齊迷濛的臉。

「人家是喝醉了吧。」女人不以為意，將頭髮勾到耳後，看著林齊深邃的雙眼，她將手覆蓋到了林齊腿上，並往根部遊走。

「況且……比起男人，當然是女人要好得多了，不是嗎？」女人瞇起眼睛，性感婀娜的身材讓林齊血脈噴張。

「呿，還以為是Gay呢。」原本的男人翻了白眼，將目標轉往其他人。

女人的唇湊上了林齊的嘴，他倒也沒有抗拒，兩人就在酒保面前吻了起來，酒保挑眉，和另一旁的同事互看了一眼，然後往後退了點。

反正現在沒人點酒，加上也快到了打烊時間，還是別在這當電燈泡好。

林齊感覺到女人的舌頭探入，她顯得積極又強勢，一隻長腿幾乎就要跨坐到林齊的身上。

「在這不好吧。」林齊總算說話，而女人立刻抓住他的手。

「那我知道有個好地方。」說完，她拉起林齊並往酒吧另一條較為昏暗的走道去。

「等……」林齊話都還沒說完，來到昏暗的走廊後就被女人壓往牆壁，並且再次吻上他。

女人的手往林齊的褲頭上摸去，以為會摸到什麼驚人巨蟒，沒想到卻找不到想像中的巨根，而是有根像是鼓棒的東西在那。

「你口袋裡放了什麼東西？」女人問。

「那、那是……」林齊紅起臉，一樣的事情不知道經歷了幾次，那根細東西，就是他的寶貝啊！

第一章 愛神邱比特

「啊……我忽然想到還有事情，就先走了……」女人瞬間慾火退去，尷尬笑著後立刻離開這裡。

林齊順著牆滑落至地，覺得世界真不公平。

他有著完美的身高、優秀的外型、還不錯的大學、得體的談吐。照理來說，應該是桃花不斷，事實上也確實桃花不斷，但是每當女人們和他進展到這一步的時候，總是會嫌棄他的寶貝太小。

有些禮貌的女人還會和他走完這趟旅程，並且在假裝高潮的情況下結束，之後總是會充滿濃濃的尷尬，過不了多久女人就會消失或是提分手。

他甚至還被女生問過：「你該不會其實喜歡男的吧？是個受吧？」

怎麼能因為他的外型就擅自決定他喜歡男生呢？就擅自認為他適合男生呢？

而且，為什麼自己就會是受呢！

雖然……雖然他不爭氣到夠帥的男人在他面前，他也可能會興奮的程度，但並不代表他就是同性戀啊！

人本來就會喜歡美的事物不是嗎？

「難道小雞雞就沒有生存的機會嗎！我明明技巧也很好！我補足了不夠大的缺點啊！」因為喝醉了，所以林齊在走廊哭了起來，用力地拍著地板。

就這樣子，他在這昏暗又無人的地方睡著了，等他忽然打了個噴涕冷醒時，店內已經漆黑一片，音樂也關閉了。

他迷迷糊糊從地板爬起來，憑著記憶摸著牆壁走出去，果然店已經關閉，窗戶外的天空都微微掀起白肚。

「哎呀，真糟糕……」林齊今天一早還有課呢，他立刻往大門的方向去，但門卻被上鎖了，怎麼推也推不開。

他研究了一下鎖頭，看來還是需要鑰匙才行。沒想到自己居然被反鎖在裡面，真是太糗了，可是工作人員關店時沒有檢查周邊環境嗎？他就睡在走廊也沒被發現？真是太誇張了吧。

他一面內心抱怨著，一面上網找尋店家電話，想聯繫看看店員是不是可以回來幫他開門。

不過就在他撥出的同時，店內也傳來響亮的電話聲音。

「我是白痴嗎？店員如果下班的話，店內當然不會有人接啊……看來我只能在這裡等到晚上了。」林齊一邊說一邊縮到店內角落，這是一個舒適又不明顯的環境，他決定在這邊好好休息。

但就在準備要掛掉電話的時候，走廊深處傳來乒乒乓乓的聲響，像是有人動作很

第一章 愛神邱比特

大地要走出來一樣。

林齊先是嚇了一跳，原來有人在店裡嗎？是店員還是小偷？因為不確定，所以他從角落探出頭偷看，確保自己的位置不會被人發現。

「搞什麼鬼，什麼時候還有人打來。」原先在吧檯的那位酒保十分不爽，裸著上身大步從走廊深處踏來。

「不要接不就好了。」而走廊底端有扇敞開的門，那散發著與這不同的明亮燈光，也從那裡面傳出聲音，似乎是另一位酒保。

「不接等等又被罵，你要被老大罵嗎？」酒保不爽，整個人走到了吧檯內，接起了電話。

「喂！喂喂？」

酒保那健壯的身材，毫無瑕疵完美得宛如藝術品，裸著身體的他背後有一雙巨大又潔白的翅膀，正隨著他的情緒而緩緩搧動，還落下了幾根羽毛。

他身體閃耀的光芒，像是自體發亮一般，連每根羽毛都鑲著銀光。

林齊簡直不敢相信自己的眼睛，他到底看到了什麼？

天使？

「喂？喂喂？」酒保用力把話筒掛回電話上，一邊碎嘴。「馬的，來亂喔！」

當他氣憤時，翅膀也會隨著啪搭啪搭地拍動，看起來就像是活著的一樣……

砰！

林齊看得太過專注，沒注意到自己的身體已經傾斜出來，就這樣從角落的沙發摔了下來，與目瞪口呆的酒保大眼瞪小眼。

「發生什麼事情？」那扇發光的門後傳來啪搭的聲響，酒保眼睛依舊盯著林齊，但對那門的方向喊：「沒事，我東西打翻而已，我整理一下！」

說完，他手一揮，那扇門便關了起來，連門縫下的光亮都在關門間瞬間消失。彷彿在眨眼的瞬間，酒保已經變回原本穿著襯衫與領帶的模樣，連翅膀和發光的身軀都消失。

「您怎麼會在這呢？」酒保露出營業的微笑。

林齊則恍惚地從地上爬起來，左右張望了一下後說：「我不小心在走廊睡著了，醒過來發現店關閉，才打了電話想說能不能讓我出去……」

「原來如此，那您往這邊請，我帶您出去。」酒保一邊微笑，一邊指引林齊往另一扇門的方向去。

原來有後門，難怪前門從裡面打不開。

林齊就這樣被酒保送到後門門口，酒保為他開門，就在林齊要踏出步伐前，他看向酒保刻意的微笑，然後開口：「我們就要這樣假裝沒事嗎？」

瞬間，酒保的臉垮了下來，變得嚴肅且皺眉，然後他關上了門，室內再次恢復到一片昏暗。

「難道，就不能安安靜靜地離開，什麼都不問嗎？」酒保沉著聲音。「人類真的是……」

「我、我只是提一下，不給問就算了。」糟糕，林齊嗅到不妙的味道，趕緊推著後門要逃。

可是後門怎麼推也推不動，再一回首，酒保又變回那裸體的翅膀俊男，在昏暗的店內散發著白光，也散發著強烈的費洛蒙。

「你是……天使嗎？」

林齊鼓起勇氣，畢竟如果是天使的話，應該是不會對他不利。

但是俊男只是冷笑一下。「天使？啥？」

喔，天使是絕對不會這樣說話的。

「那不然是……」他保持小心翼翼的態度，希望不要惹怒這位看起來像是天使的大人。

「你先告訴我，為什麼你會在這裡？是想偷東西？」

「冤枉呀，大人！」林齊快速把昨天發生的事情告訴他，可能因為太害怕了，所以連自己雞雞很細這件事情都不小心講了。

聽到這一點時，俊男酒保還偷笑了一下，當然林齊也忍不住偷看了他的下體，哇，真不公平，長得帥又大雞雞，難道是因為神的關係嗎？

天使算是神嗎？

林齊的腦袋忽然浮現了這些毫無意義的想法。

「對了，你叫什麼名字？」林齊忽然地問。

「我沒必要與你說，我可以消除你的記憶。」

「我想你做不到吧？」

「你說什麼？」俊男酒保變臉。「你是要說我不敢嗎？」

「不是不敢，是你做不到吧。」林齊些些往後退，畢竟張揚的翅膀看起來還是有點可怕，感覺一個用力搧動，林齊就會被吹走了一樣。

「……」俊男酒保只是靜靜看著他，散發著銀光的模樣十分美麗，就像是雕像一樣。

「如果你真的可以刪除我的記憶，在一開始直接這麼做就好，不需要還把我送出去裝沒事，這樣更方便又快速吧。」

「酒醒的你倒是腦子挺靈光的。」俊男酒保皺起眉頭。「看來我們得做場交易了。」

「等等，我和你做交易，會不會代價是我的靈魂還什麼的？」

「我又不是撒旦。但現在就連撒旦都不流行收人靈魂了，人類的靈魂太骯髒。」

俊男變回酒保該有的模樣。「我在人間的名字叫做俊男。」

「……還真的叫這名字啊……」

「這名字有什麼不妥？」

「就……一般來講不太有人會這樣叫。」林齊聳肩。

「……沒辦法，我們沒辦法選，老大要給我們什麼名字，就是什麼名字！」畢竟酒保不可能告訴林齊他在天上真正的名字。

「那、那我叫做林齊。」出於禮貌，他也自我介紹。「我們要做什麼交易？」

「我必須堵你的嘴，所以我願意幫你實現願望。」俊男哼的一聲。「只要你不要跟其他人講就好。」

其實就算不用做交易，林齊也不會告訴別人，況且他說了，誰會信啊。

「欸欸，你知道嗎，天使酒吧的酒保真的是天使喔！」

聽起來就像是發瘋或是喝太多說的話呀～～

「但我沒什麼願望，可以中樂透嗎？」林齊說著最實際的願望，但是俊男似乎不太理會他。

「不是說喝醉酒之後的話最真心嗎？所以我會實現你昨天說的話。」俊男自說自的，走到了吧檯裡面，開始調起酒。

「我聽不懂你在講什麼，但是我現在並沒有想要喝酒，事實上我還有點宿醉。」俊男的酒瞬間製成，散發著清透的藍，像是國外的海水那般清澈，但是下一瞬間又變成粉紅，還飄升著些許氣泡，像是粉紅香檳一般。

「這是怎麼做的？」

「用手做的。」俊男將高腳杯推到林齊面前，他看著那變化著的藍色、粉紅色，覺得十分驚奇。

「你到底是什麼天使啊？」

「我不是天使。」俊男勾起嘴角的微笑。「我是邱比特。」

「邱比特？」那形象還真是差個十萬八千里啊！「但是邱比特不是小孩子嗎？圓肚子小雞雞的。」

「誰規定的？你看我們這家酒吧哪個人長那樣？」

「所以這家酒吧所有員工都是邱比特？」林齊驚呼！

「……幹！」俊男這下子才發現自己說溜了嘴。「你要是說出去，我是不會饒過你的！」

「就算我要說，也沒人會信吧。」林齊拿起那杯酒，但並沒有想要喝下。

「我講的是店內的人！不是人類！」但俊男卻瞬間捏住林齊的鼻子，另一手往上推，將那酒灌入了林齊的嘴中。

林齊被嚇了一跳，但是沒有想像中濃烈嗆鼻的酒味，反倒是像甘醇又甜的汽水一般。

「人類根本不會信你，但你要是對我們店內的任何一個人說出來，我就會被消滅的！」俊男壓低聲音地說，眼睛還偷看著剛才他走出來的門。「所以你不能說，知道吧！要是你說了，包準你這輩子都不會有戀愛運，連上床對象都不會有！」

「那也太慘了吧！」林齊擦了下嘴巴，覺得事態有些嚴重。「我剛喝下去的那個到底是什麼？」

「你很快就會知道了。」俊男露出神祕的微笑。「總之，你可以滾了，沒事就別來了。」那扇後門在俊男的手一揮之下打開，而林齊像是被一陣風用力往外吹一樣，就這麼被吹出了門。

砰的一聲，等他回神，已經離開了酒吧。

外頭豔陽高照，已經是新的一天。

「剛才是在做夢嗎？」林齊捏了捏自己的臉，很明顯感覺到疼痛。「看來並不是呢。」

沒想到世界上真的有天使……不對，應該說是邱比特。

邱比特來人間開酒吧做什麼？跟月老搶生意來配對的嗎？

剛才應該問清楚一點才是，要是那位俊男能夠有點耐心，和他多聊聊就好了。

「不過……實現我的願望，是什麼願望？」

林齊歪頭思考，手機卻傳來連續振動。

『人在哪？報告呢？』

『搞毛喔，是跑去哪了？』

『欸欸欸，別鬧，今天要交報告，不然會死當！』

一連串的訊息都來自於他的好朋友——羅澤——林齊趕緊回覆馬上到，並立刻租借了路旁的腳踏車，快速騎回租屋處拿好隨身碟，連衣服都沒時間換，邋遢地以光速來到學校。

羅澤正看著手機螢幕，在教學大樓前來回踱步，十分不耐煩。高䠷又英俊的他，完全就像是雜誌模特兒直接走出來，這輩子桃花從未斷過。

第一章 愛神邱比特

「喂～～」林齊一邊將腳踏車停到旁邊的車位，一邊對著他大喊。

「我以後不會再給你報告了。」羅澤走了過來，搶走了林齊的背包。

「說得好像是我抄你的，明明是我幫你做耶！」林齊覺得委屈，跟在羅澤身後走進教學大樓。

「你為什麼幫我做報告的原因還記得嗎？」羅澤猛然停下腳步，讓林齊差點撞上他寬廣的背，接著他轉過頭，本來就比林齊高的羅澤，現在站在樓梯上，更是整整比羅澤高了一顆頭。

那往下俯視他的模樣，還真有君王降臨的風範。

「對對對，是因為讓你介紹女生給我。」林齊趕緊避開羅澤的眼神，他的臉實在是太好看，是連男人都會害羞的那種英氣逼人。

「對，而且她告訴我，你很不行耶，是有多不行？」羅澤一笑，刻意看了他的下半身。

「別鬧我了，你不該介紹那種肉食女，害我昨天還跑酒吧買醉。」

林齊昨晚會有那些變男變女的感慨，就是因為和羅澤介紹的女生開房間的時候，被女生譏笑下面跟牙籤一樣，應該要當被插著那一方才對。

這雖然讓他很受傷，可同時也產生了一點疑慮，因為一直以來，他確實對好看的男女都會有感覺，只是因為自己是男兒身，理所當然只會和女性交往。

即便他偶而也會好奇，會不會自己其實性向是男生？可是都已經二十幾歲了，忽然要他跟男生戀愛，他也覺得很奇怪，況且……要找誰？

「怪我囉？」羅澤瞇眼。

喔……羅澤好像是個不錯的選擇。

不不不，他超級花的，常常和不同女生廝混在一起，但想想也是理所當然，之前和他一起泡過溫泉，下面大得以為自己看錯，也難怪女生都會黏著他。

況且，自己也不是同性戀！別再想這些有的沒的了。

「所以你是怎樣，在酒吧有釣到人嗎？」羅澤上下打量著他。

「為什麼這麼說？」

「因為你沒有換衣服，身上也有臭味……但既然有臭味，表示沒有釣到人開房間，不然至少會洗澡吧。」羅澤像是名偵探一樣分析著。「難道你是一個人可憐兮兮地在路邊睡著了嗎？」

「差不多。」林齊乾笑，以為羅澤會稍微同情自己一點，至少請他吃個午餐。

「哈哈哈哈，太慘了吧，有夠丟臉。」但羅澤只是毫不客氣地大笑，轉身繼續往樓梯上走。

「奢望你的同情心，是我的錯。」林齊懺悔。

林齊、羅澤兩人都是A大的三年級學生，兩個人的外觀風格迥異，連個性也不算同類型，但卻意外的兩人因為一次意外而拉近距離，從此一拍即合，成為了好朋友。

林齊的外型是弱不禁風的美少年，光是站在那就像是一幅畫一樣，抱著一本書更增添文青感，但腦子卻每天都在煩惱「什麼時候可以穩交」，不過成績還算不錯。

羅澤不用說了，無論誰見到他，都只會感受到他的魅力爆棚，只剩一個「帥」字。但他的腦子裡只有精蟲衝腦，能考上A大堪稱是奇蹟，這也是為什麼他會和林齊很要好的原因之一。

一堂課下來，即便睏意來襲，林齊也是奮筆疾書，將重點快速抄下。而羅澤則用好幾隻不同手機和女生聊天。

下課鐘聲一響，林齊秒倒，在桌面上酣睡。

「喂，你看這個女的，胸部還真大。」羅澤將正和他聊天的其中一個女生大頭照點開，推著林齊要他看。可是林齊早已昏睡過去，無論羅澤怎麼搖他都沒有用。

他注意到林齊的筆記，不只寫了自己的，還幫羅澤也抄了一份。

「真是老好人，我又沒說要幫我做到這程度。」羅澤看著睡到嘴巴張開的林齊，多少有一點罪惡感。

「好吧，怪我介紹了差勁的女人給你，今天我會幫你找清純外表、火辣內在的女人給你。」羅澤邊說，邊快速點開了他的手機資料夾，找到了天使面孔的女孩。

♡

「真的假的？今天要介紹女生給我？」結束課程後聽見這個好消息，林齊眼睛都亮了。「不會嫌我雞雞小吧？」

「放心。她之前第一次和我上床時，看見我的大鵰還哭了出來，說她喜歡小的。」羅澤兩手一攤。

「哇嘞，所以你們有上到嗎？」林齊可不想吃羅澤用過的。

「沒有，最後變成純聊天的朋友。」羅澤也不覺得可惜，反正依照他的外型，要什麼女人都有。

「如果你有這麼適合我的對象，為什麼現在才告訴我？」

「就……你不是喜歡大胸部的，她是貧乳喔。」

「但我看這照片挺大的啊。」林齊皺眉，況且羅澤也喜歡大奶類型，怎麼會跟小奶扯上關係？

「墊的啦～～當時脫光後發現她胸部直接消風，我嚇得下面也消風。」羅澤手搓著下巴苦惱。「所以說，她看見消風的我還嫌大，我和她不適合啦～～」

「哇，這一整段話聽下來都很令人憤怒耶。」

但現在的他，也沒什麼資格挑了。

♡

林齊回家洗了澡，換了衣服，整理了頭髮，還噴上了香水。

從鏡子裡頭看來，自己簡直像是年輕的窪塚洋介一般帥氣。

「現在還有人知道窪塚洋介嗎？」他不忘這樣自嘲自己，小時候跟著媽媽看日劇，認識的明星都偏向上個世代。

他從捷運出來，跟著手機地圖往和羅澤約定好的酒吧走去，途中經過了天使酒吧，林齊還想著要不要進去看看。

正巧有人進去打開了門，他趁機瞄了一眼，俊男和其他酒保都在吧檯內忙碌著。

他想起了俊男賜給他的願望，會不會是能夠好好戀愛的祝福呢？

「看來今天羅澤介紹的女生，說不定就會是我的真命天女！」林齊說完後傻笑起來，踏著輕快的腳步，朝另一間酒吧走去。

微醺酒吧中的一個座位區聚集了男男女女，以一位英俊無比的男人為中心，女孩子們幾乎都圍繞在他的身邊。

「來，接下來，今天內衣穿紅色的！喝～～！」羅澤手裡拿著一杯龍舌蘭，說的話雖淫穢，但因為夠帥加上現場的女生幾乎都是以他為目標前來，所以都笑得花枝亂顫。

「馬的，早說羅澤會來，我就不來了！」

「對啊，都給他玩就好了。」

「聽說他曾經一次和三個女的玩，那三個女的還被他玩到筋疲力盡欸。」幾個男生在一旁自己聊了起來，已經放棄在有羅澤的場合可以搶到女人的奇蹟。

但林齊不一樣，他信心滿滿，有邱比特的保佑，他一定能夠獲得想要的！

「嗨，我叫做林齊。」他的目標就只有這位叫做小青的女生，由羅澤特意為他介紹喜歡小雞雞的女生！

「嗨，我是小青。」她甜甜一笑，在這昏暗的地方，穿著貼身的上衣顯露了好身材。

她是用什麼墊的？看起來好自然又好大。

林齊的腦中只浮現這樣沒營養的文字。

他們兩個相談甚歡，而羅澤也和其中幾個女生看對了眼，其餘女孩知道自己今晚與羅澤無望了，便轉移目標到其他男生身上。

這下子總算各自配對有伴，要帶開的也帶開，很快地這包廂只剩下羅澤和林齊的對象們。

「林齊，我們要去S飯店，你們呢？」羅澤雙手勾著兩個身材姣好的女人，看來喝得雖暈但不醉。

「飯店？我們有需要馬上……」林齊的目標可不是馬上就直奔本壘呀，他想要好好的交往，從吃飯、看電影、散步、聊天之類的約會開始。

但是小青拉住了他的衣角，即便在燈光不夠的酒吧間，也能瞧見她紅暈害羞的臉蛋，還有微張的朱唇，輕輕地說：「走吧。」

瞬間全身的血液都衝到了某處。

好吧！也是有先從性開始的戀愛，他們也能先認識彼此的身體，再認識彼此的心靈也可以。

♡

三女兩男走在五光十色的臺北街頭，即便是深夜，也充滿著許多痴男怨女們。他們毫不掩飾自己正肆意享受著的青春，於大街上嘔吐或是熱吻，男人們的手放女人清醒時絕不會碰觸的地方，女人們失去矜持地倒臥在男人身上。

而林齊心跳得很快，雖然也不是沒想過會這樣，但還真沒想到可以這樣。

經過天使酒吧時，俊男正巧拿著垃圾從後門走出來，與林齊對到眼。

林齊下意識對俊男比了讚，用嘴型說：「我就要脫單了！」

但俊男只露出了意味不明的微笑，聳聳肩後放好了垃圾，又回到酒吧裡頭。

「原來邱比特也要弄垃圾啊，我還以為手揮一揮就好。」

「你說什麼？」

「喔，沒什麼，只是看到認識的酒保。」

「天使酒吧嗎？裡頭的酒保好像都挑選過，每一個都很帥呢，但是他們都是同牆鐵壁，很難搭訕……」小青說完後頓了下，尷尬地補充。「我是說我和朋友去的時候，朋友都會搭訕……」

「我懂我懂，我也會跟他們搭話，但他們也都不理我。」林齊說著，讓小青也有臺階下。

基本上……會由羅澤介紹的女人，也不會多清純，這一點常識林齊還是有的。所以即便小青的外型多麼倩女幽魂，林齊也不會對她有太多無謂的幻想。

反正，過去都不是重點，重要的是現在和未來呀！

♡

「我們的房間在隔壁，退房的時候講一下啊。」羅澤搖晃著他的房卡，帶著笑容推開了房門，兩個女人笑嘻嘻地跟著進去。

「我們在這一間。」林齊對小青說著，嗶的一聲，推開了房門。

裡頭的房型簡單，落地窗雖小，但能看到隔壁大樓，所以一進門小青便去拉起窗簾。

而林齊脫掉了外套，掛上了一旁的開放式衣架，忽然覺得有點緊張。

雖然羅澤說小青喜歡小的，但要是他的小到出乎她的意料呢？

會不會又臨陣脫逃，讓他又要去天使酒吧討拍了？

不，有俊男的保佑，他一定可以嚇嚇叫！

他要相信天使……不對，相信邱比特！

畢竟邱比特是愛神啊！

「小青，我們要不……」

他才轉過頭想問要不要先洗澡，結果小青已經撲了上來，嘴巴牢牢地貼上了他，還不只有輕輕小啄，而是直接激烈地伸進舌頭。

等一下，不先洗澡嗎？

但是女生都這麼主動了，身為男生的他若是在意這些小事情，就顯得太婆媽了吧！

於是他抱住了小青，用力地回吻，小青發出了些些呻吟，林齊立刻摸上小青的胸部，抓起來的手感有些奇怪，小青倒抽一口氣，趕緊往後退。

「我、我的胸……我們能不能穿著衣服做？」

「為什麼？」

「因為、因為我習慣這樣。」

林齊想起了羅澤的話，看來小青和自己有一樣的煩惱，都因為「太小」而沒有自信。

他上前再次親吻小青，接著用力拉開她的上衣，果然看見擠得幾乎都要變形的胸部，那裡塞了NuBar和各種軟膠。

「對、對不起……」小青哭了起來，趕緊摀住胸部蹲下。

「對不起什麼？我覺得妳很美。」林齊脫下了褲子，讓小青見見那已經立起卻依然像是沉睡般的貓尾巴。

「呵。」小青擦乾眼淚，她當然也聽羅澤說過了。「我也覺得你這樣很好。」

林齊想聽的，就是這樣的話！

他終於找到了完美又契合的伴侶。

謝謝俊男邱比特！

第二章　我的老天爺

兩個人就這樣又親吻了一陣子，原先就要這樣到床上的時候，忽然隔壁傳來十分誇張的叫床聲音。

「啊！啊啊啊！好爽！」

「幹死我，好爽啊！」

這瞬間讓人冷掉的清楚聲響，讓小青和林齊兩個都嚇了一跳，他們彼此對看，然後笑了出來。

「羅澤他真有這麼猛？」

「聽說是這樣，我朋友都說骨頭要散掉。」小青倒是敬謝不敏。

「我們不需要那樣子，現在也無需隱瞞彼此。」林齊看著裸著上身的小青，雖然很想快點與她纏綿，但見到她因為擠壓而紅腫的皮膚，覺得有些心疼。

「妳先去洗澡如何呢？讓自己放鬆一下，等妳出來後換我洗。」

小青思考了一下，然後點點頭。

「你是第一個看見我的胸部還願意跟我繼續的人。」

「那是那些人太沒眼光了。」林齊親吻了小青的臉頰。

小青覺得十分欣慰，便先行進入了浴室。

說實在的，小青的胸部與其說是小，不如說是只有乳頭的平面，但胸部不過就是脂肪，小青的身材玲瓏有致，臉蛋也算是可愛。

本來就沒有十全十美的人，林齊自己也是有別的女人無法接受的缺點，所以何必彼此要求這麼多呢？

「啊，不要，羅澤，饒了我啊～～」

忽然隔壁的叫聲再次傳來，這一次似乎還有撞擊牆壁的聲音。

「有夠誇張，是有多猛？」林齊躺在床上，聽著來自隔壁房間兩個女人輪流的叫聲。

他曾聽說過，女人的爽度是男人的好幾倍。

雖然林齊因為尺寸的關係，和女生上床的經驗與次數並不多，可是至少也知道女性要達到高潮並不容易。

到底羅澤是多厲害，可以同時對付兩個女的又能讓她們哀哀叫。要是自己也是女性，也能叫成這樣嗎？

男性高潮只要射精即可，但女性卻能假裝。他時常在想，現在的真的嗎？是假的嗎？一直擔心自己不能夠滿足對方，無法真正體驗性愛的美好。

「羅澤……啊……」配合著隔壁的叫聲以及撞擊，林齊不知怎麼地也摸上了自己的分身，來回套弄。

接著很快地抵擋不了，便射精在手掌心。

浴室的水聲尚未停歇，自己先來了一發，等等也比較不會早洩。

「奇怪，怎麼感覺……」強烈的暈眩襲來，還有一種像是有什麼要從全身的洞噴發出來一樣的感覺。

眼前一片模糊，他伸手想拿起旁邊的礦泉水喝一口看看會不會比較好，但卻一個踉蹌跌下床。

「你還好嗎？」水聲依舊，小青貼心詢問。

「沒事、沒事！」再怎樣也不能讓女生看到自己這樣不舒服，所以他硬撐著回答，卻覺得聲音有些怪異。

「再等我一下，我快洗好了。」

「好，不急。」他從床下爬起來，回到床鋪上，但天旋地轉的感覺並沒有消失。

忽然間，一種奇怪的感覺瞬間爆發。

接著那些不舒服彷彿船過水無痕一般，全部消失。

這還真是奇怪，是不是該找時間去健康檢查？但自己才二十一歲，應該不會有什麼大問題才是。

難道是酒喝多了？所以搞壞身體？

越想越覺得害怕，還是去喝口水，以後別再徹夜喝酒的好。

他下了床，一種說不上來的怪異感覺，走路怎麼輕盈了很多，且好像在晃動一樣，難道是地震？

而且視角也變得不太一樣，怎麼感覺矮了點？

他來到飯店門邊的櫃子邊，拿起礦泉水準備扭開，但卻覺得耗了比平常還大的力氣。

仰頭喝水，但卻灑了出來到胸口，他立刻拍了胸前要擦去水，但卻摸到了不該有的柔軟。

「這啥？」連說出口的聲音都不是自己的，他嚇得環顧四周，有別的女生嗎？

忽然，他從前方的鏡子看見了一個長髮的女人。

身材姣好，面容美豔，連胸部都大得不可思議。更神奇的是，那女人穿著自己的衣服，做著和自己一樣的動作，從鏡子反射出來。

「幹！」他驚叫，但趕緊摀住嘴。

浴室裡的小青正巧打開了吹風機，沒聽見他那女人般的叫聲。

「幹幹幹這是怎麼回事？」他嚇得跑到梳妝臺前的大鏡子，雙手放在自己的臉頰兩邊，左揉又捏的，還脫掉了上衣看著胸前的渾圓。

雖然不知道是怎麼回事，但是他，變成了女生！

這下子可不是在這悠閒的時候，他得快點離開才行，總不能跟小青說自己變成女生了啊，等等被送到醫院做實驗怎麼辦！

他立刻收拾好了東西，還不忘放了兩千在桌上，在小青吹著頭髮的時候，躡手躡腳地離開了房間。

會發生這種不可思議的現象，絕對和俊男那位邱比特脫不了關係！

穿著過大衣服的他，現在應該稱呼為她，一邊哭一邊往天使酒吧的方向跑去。

怎麼變成了女人，連淚腺也一併鬆掉了嗎？

最慘的是連鞋子都不合腳，讓林齊一路上跌倒好幾次，然而一個貌美如花的性感女人跌倒，總是有許多男人過來願意攙扶。

「小姐妳還好吧？」

「要去哪？要不要我送妳？」

第二章 我的老天爺

可惡，女生還真吃香！

終於，她來到了天使酒吧，氣喘吁吁地推開了大門。裡頭依舊人潮眾多，少部分的人在小舞池中搖擺著身體，而大多數的人都在位置上喝著酒。

林齊很快看見正在酒吧調酒的俊男，她大步往前，氣呼呼地雙手用力拍了桌面。酒保們和吧檯的客人們都看了過來，連俊男都像是嚇了一跳。

「你！」接著伸手用食指比著俊男的鼻子，正要大聲喊出他的名字時，俊男用疾快的速度衝到她面前，然後將一杯酒往她嘴裡灌去。

「哎呀，抱歉抱歉，我都忘了說好要送酒過去了。」

「噗！」突如其來的嗆辣酒味讓林齊噴了點出來。「不是，我是……」

「哎呀，抱歉我再補妳一杯，就別生氣了！」俊男立馬又塞了一口酒到她嘴中，用眼神示意別多嘴。

其他酒保以及工作人員都瞇著眼多瞧了幾眼，但大多數的人都事不關己，很快移開眼神專注在自己的工作上。

俊男用嘴型要她安靜，眼神流露出驚恐，而林齊注意到，後頭有一位男人從走廊底的房間走了出來。

「怎麼回事？」一位看起來像是這裡的老大走了過來，他的面容完全就是西方人臉孔，但是說的話卻是毫無腔調的標準中文。

「沒事啦，大哥，我剛才答應這位女士送酒給她，但是太忙忘記了。」俊男焦急解釋，嘴角帶著微笑。「對吧，小姐。」

「喔，對……」林齊也不是笨蛋，明白眼前的男人大概也是邱比特，而且可能是主管階級之類的。

從俊男害怕被其他的邱比特知道的情況看來，或許有可能知曉的人類和犯錯的天使都會被消滅或是消除記憶之類的，畢竟在某些神話中，天界的狠勁不可小覷！

所以林齊只是微笑著，反正她現在的外表是女性，女性只要微笑就可以化解百分之八十以上的困難！

「那就好。」老大瞇眼，接著轉身，又走回了那間屋子裡。

「呼……」俊男鬆了一口氣，然後怒氣沖沖地轉過頭瞪她。「妳幹麼在我上班的時間過來！故意要告我狀嗎？」

「不在你上班時間來，我要什麼時候來？平常又不會開！」林齊抱怨著。

想想她這麼說也是，俊男抓抓鼻子，還是戲演足地放了杯龍舌蘭在她面前。

「所以說，妳要怎樣？」他假裝一邊擦著杯子，一邊在林齊面前與她對話。

「我要怎樣？你沒看到我這樣嗎！」林齊瘋狂用手捧著自己長出來的巨大胸部，

上下晃動著。

「噗！」

然而她忘記自己現在是女人，這樣撩人的舉動，使得坐在吧檯邊的其他男客人看到都噴出酒來。

「小姐，很積極喔。」其中還有人出聲調侃。

「什麼小姐！」

「好了好了。」俊男制止，轉頭對林齊說：「我不懂妳訝異什麼，這不就是妳要的嗎？」

「我？我哪有要變成女生！」

「妳小聲一點啦！」俊男又說：「壓低聲音會死嗎？你們人類就是這樣大驚小怪的。」

林齊真的是要吐血，好不容易要跟一個接受自己是小雞雞的女人做愛了，結果卻被毫無預警地變成女人，還說大驚小怪？

「好，那你說是我要的，是什麼意思？」

「忘了就算了，掰～～」俊男根本不想理她。

「等一下！要是你不給我一個解釋，我就要告訴其他人你把我變成女生！」林齊壓低聲音。

「妳去說啊，誰會相信。」俊男冷笑。

「我可以跟其他邱比特說，或是跟你們剛才那個主管？他就在那扇門後面對吧？那扇門是連接辦公室，還是連接你們的世界？」

這句威脅果然讓俊男臉色丕變，他立刻跑出酒吧櫃檯衝到林齊身邊，然後拉住林齊就往外面跑。

「欸，俊男！偷懶啊。」

「難道酒保忍不住了？」

「呀！不要啊，我的俊男～～」

店內的人一陣騷動，看熱鬧地發出聲音，但俊男才不在意，將林齊拉到了酒吧後巷處。

一關上門後，把酒吧的那份吵鬧也鎖在了鐵門之後，這裡安靜得只剩下兩個人的呼吸。

俊男把林齊推往牆壁，一手搭在牆上，呈現壁咚模樣看著她。「妳，最好給我閉緊嘴巴！」

「果然不能讓其他邱比特知道對吧！」林齊覺得賭對了。「那就快點跟我說這模樣是鬧哪齣，你知道我正要跟女生做愛嗎！結果變這樣是搞毛啊！」

她捏了自己的大胸，喔，好軟。

又捏了自己的屁股，嗯，看來成為女人的自己似乎是上等品。

「這樣有不好嗎？嫌不夠漂亮？」

「不是這個問題啊！我是男生啊！」林齊發瘋地抓著自己的胸部上下搖晃。「男人有這個能看嗎！」

「說歸說，我看妳挺喜歡的啊。」俊男忽然伸手，抓住了林齊的右邊胸部。

「啊！」被突如其來的碰觸讓林齊發出了嬌媚的叫聲，嚇了跳立刻摀住嘴巴，滿臉通紅。

「你、你做什麼啦！」她揮開俊男的手。

「妳知道女生的身體比男生還要敏感好幾倍嗎？與其用男生的身體去跟女生做愛，不如用女生的身體去跟男生做愛。」

「你、你在講什麼啊！邱比特不是應該要幫人類配對姻緣嗎，怎麼講出這種荒誕的話！」

「姻緣？那是月老要做的事情，我們可是講求兩情相悅的歡愉呢。」俊男舔了一下嘴唇，散發著強烈的男性費洛蒙，瞬間讓林齊漲紅了臉。

奇怪，莫名覺得害羞，這是怎麼回事。

「你、你離我遠一點啦。」她用力想推開俊男，但只摸到他硬挺的胸膛，哇嘞，身材還真好。

「妳當女生不也挺不錯的嗎？」俊男瞇起眼睛。

「什麼？」

「妳不是煩惱男生還女生是否會愛上不同的性別，又或是愛的是同一個靈魂之類的嗎？所以我讓妳自由選擇，去尋找真正的愛情。」俊男後退，雙手還胸，背後冒出了巨大的翅膀。

在這昏暗的巷子，只有他的翅膀帶著美麗的銀白光，像是銀河一般閃耀，這讓林齊看傻了眼。

「我們崇尚人類先忠於慾望與歡愉，再去尋找愛情。」俊男食指放在下巴點著。「那叫什麼，一個名詞……有啦，先性後愛。跟你們古版的東方月老不同，不需要先靈魂契合發展愛情後再發生性愛，性愛性愛，性本來就該放在愛前面。」

雖然聽不懂俊男在胡謅什麼，但林齊卻思考了起來。

她的確想過要是能男女自由互換性別就好，但一直以來她的戀愛對象都是女性，沒道理現在變成了女生，那就要和男生上床吧？

更重要的是，要去哪裡找男生上床？

等等，她好像忽略了什麼……

「你是說我能自由的選擇性別？」

俊男抬起下巴看著她，然後點頭。

「真的假的？我能自由轉換成男生女生？要怎麼做？」她抓住俊男的衣領，但俊男則把她甩開。

「做愛就行。」

「啊？為什麼是這麼淫穢的方式？」

「我不是說了嗎？透過性去尋找愛，所以當然轉換的方式就是做愛囉。」俊男帶著玩味的笑容。「啊，不會馬上做完就轉變性別的，有時候還會有時間讓你們來第二回～～所以不用做完就急著跑，大概。」

「這……你們邱比特都是用這種方式幫人類找愛情？」林齊不敢相信。

「當然不是～～所以我們不是開了酒吧嗎？」

這是什麼意思？

「妳知道人類擁有的七情六慾吧？」

「呃……聽過，但具體是哪七情哪六慾倒是不知道。」林齊歪頭。

「你們不是很愛講什麼性與愛到底能不能分開之類的問題嗎？基本上這兩個是相輔相成的。」俊男側著臉，十分帥氣。「大多數的人類，對任何事物都有慾望，性慾也是一種，來酒吧是為了什麼？找樂子？解悶？刺激？喝酒？」

林齊聳肩，而俊男一笑。「有些人則是找對象。」

玩樂的場所，找尋一夜情的對象，不用負責任、又可以娛樂到，這也是玩得較開的眾多男女尋求的快樂之一。

「妳不也是嗎？」

「我、我可不是那麼單純只要肉體關係，我當然還是希望能找到交往對象。」林齊立刻搖頭否認。

「對，但不也是直奔旅館了嗎？」俊男不置可否。「所以說，性與愛是不分開的。」

「簡單來說，我們邱比特的酒吧用最簡單的方式來幫愚蠢的人類找尋真愛。我們在酒裡頭放入我們邱比特的愛情靈藥，讓那些看對眼的人情感昇華以後，使得他們能夠更快速走向愛情的下一步。」俊男說得振振有詞，但林齊卻越聽越不對勁。

「你說在酒裡面放了什麼？」林齊掌握關鍵字。

「我們的愛情靈藥～～」俊男十分得意。

「那你們就是下藥讓別人亂搞啊！」林齊大叫，這不就是渣男手段嗎！

「不要亂說！我們跟那種才不一樣，我們是很實在又正統的好嗎！」某方面來講，俊男說得也沒有錯，畢竟他們可是邱比特呀，將愛情緣分拉起的神明，他們下的藥絕對是品質有保證的。

但怎麼聽！還是很奇怪啊！

「所以說……去消費的客人你們都會下藥？」

「怎麼可能。」俊男一臉嫌棄。「有些憑實力單身的根本沒有辦法好嗎？況且也要剛好酒吧裡面有那個緣分對的人在才行。」

沒想到還挺講究的，林齊還以為他們是亂槍打鳥。

「那所以，跟你把我變男變女又有什麼關係？」林齊覺得胸前很重，非常不習慣女人的身體。

「我的業績不好。」俊男直白地說，雙手環胸看起來有些不悅。「不是我沒有眼光，而是很容易被搶走客人。」

擔任酒保的俊男要負責調酒，時常在發現可以被牽線的人時，就已經被擔任服務生的其他邱比特搶去下藥了。

雖然酒保不是只有他，但其他人眼明手快，相較之下俊男的業績就差很多了。

「業績不好會怎樣嗎？減薪？」林齊自己說完都笑了。

「減薪是一定的，越來越差的話就會降職，這一點跟你們人類的制度差不多。」俊男嘆氣。

「雖然不知道你們是可以在哪裡花錢……但，你業績差把我變男變女就會好了？」

聽到林齊這麼問，俊男露出了微笑。「對！我們的眼睛可以看到人類這一生互通情意的戀愛數字，通常在邱比特或月老的干預之下，大概人數可以提昇二到三個。」

「所以意思是……」

「意思就是，妳身上的數字是零。」

這晴天霹靂的消息宛如將林齊打入地獄，她雙膝一跪在地上。「難道雞雞小真的就沒有人權了嗎？我就因為雞雞小所以找不到情投意合的對象嗎……難道、難道原本羅澤介紹的那個女的也會因為我太小離開我嗎？」

「如果我能把原本是零的人牽成一段緣，那業績可是千倍喔。」俊男根本沒在聽她的煩惱，而是喜孜孜地說明自己精打細算的計畫。

「所以、所以把我變成女生是會……」

「我是那天聽到妳說的話，才有了這個想法喔。」俊男一屁股坐在一旁的垃圾桶上，被他這位俊男一坐，髒東西都變成王座了。

原先，他只是很單純的根據前輩們的教導來實作現在的下藥流程，但在他聽到林齊所說的，如果可以變男變女，是不是就能真的找出自己喜歡的人？

如果在異性戀者的觀念之中是「男女才是一對」的話，那當自己性別轉換的時候，不就表示自己該去喜歡與自己性別不同，但卻是和原先的自己性別相同的人了？

那如此一來，內心的性別認同是什麼？是原先的性別？那喜歡同性別不就變成同性戀？可是這卻違背了原本堅持的「男女一對」。

於是俊男想著，有時候顯示為零的人，會不會只是從來沒想過「同性別也可以是戀愛對象」呢？

他沒辦法把這種實驗性的想法與前輩討論，還苦惱著該找誰來試驗，林齊就這樣出現了，更甚至還在酒吧裡落單，一切都是巧合，也可以說是命運安排。

「這被發現我可是會被懲罰的，依照人類的說法，就是開除，但並不是妳認知的開除那麼簡單。」俊男打了哆嗦。「所以妳就好好地享受男女的不同，多少人可以跟妳一樣，體驗不同性別帶來的快感啊！」

「說、說這什麼話啊！」

「我們雖然說性在愛前面，但最終我們也是邱比特啊！享受性、感受愛，這才是人生不是嗎？」俊男對她眨眼，轉身就要開門，然後停頓了一下。「對了，這是我們的祕密，知道吧？」

「我、我有什麼好處……」林齊覺得聊完頭更痛，並沒有解決這件事情。

「不是說了嗎？妳能夠用不同性別的身體感受不同性愛，這不是很好嗎？」俊男真不理解林齊怎麼聽不懂。

「我不能要求變回來嗎？」

「嗯～～也是可以啦～～但～～」俊男的眼神移動到了林齊的頭頂。「妳的數字已經不是零了喔。」

她一聽，眼睛立刻睜得老大。「真的假的！現在是多少？」

俊男瞇著眼，久久不說話。

「快說啊！」

「嗯～～它在變化，所以不好說。話說回來，我也不能告訴妳數字是多少啊。但總歸來說，已經不是零了。」

「等等……這個意思是說……我的戀愛對象是個男生？」林齊的臉垮了一半，雖然她的確、也曾經、有可能會對男生起反應，但是大抵來說，她的戀愛對象還是希望是女生啊！

「反正妳就試試看囉！」俊男對她眨眼。「希望妳能找到屬於妳的戀情。」

說完這句話，俊男就進入了天使酒吧，留下林齊一個人在原地瞠目結舌。

林齊花了一點時間才緩過來，想再次開門衝進去找俊男，可是門卻被鎖了起來。

於是她繞回了前方大門想入場，可是天使酒吧有規定，相同的人當天只能入場一次，於是她只能作罷。

「要我試試看……是用這個身體跟男生試試看嗎？真的不要鬧了……」她絕望地蹲在地上，卻有兩個人朝她靠近。

「妹妹，怎麼一個人在這啊？」油嘴滑舌的音調，一時之間林齊沒反應過來是在叫自己。

畢竟，她還沒意識到自己現在可是女性的外表啊。

「妹妹，是喝醉了嗎？」一雙手直接拉起她，對方一見到林齊的正面不禁吹起了口哨。「哇，沒穿奶罩欸。」

「唉唷，而且長得很正欸~~是在援交嗎？還是找一夜情？」

「什麼？」林齊皺眉，看著眼前兩個噁男。「照照鏡子吧！離我遠一點。」

「妹妹講話很難聽喔！」兩個男生笑了起來，根本不在意林齊的反抗。

「放開我！」林齊明明已經用力了，但卻絲毫無法掙脫。

以往是男人的時候，即便她的力氣不算太大，但至少眼前這兩種貨色的敗類她也能輕鬆解決。所以在這時候她才真切的意識到，自己現在是個女兒身。

忽然恐懼朝她襲來，眼前的男人好高大、好可怕，不知道他們會對她做出什麼事情，這是過往她是男生時完全沒有過的無助。

「放、放開我……」結果她再次說出口的聲音竟然帶著顫抖。

「唉唷，妹妹在害怕嗎？聲音都在發抖耶。」

「不要怕，我們又不是壞人。」

說歸這麼說，兩個人卻開始對林齊上下其手，這讓林齊十分不舒服，覺得噁心又想吐，可是她卻怕得連身體都在發抖了。

來人……有沒有人可以救她……

「客人，請問你們在做什麼？」忽然天使酒吧的門打開了，俊男正帶著微笑看著眼前的三人。

「救、救……」林齊像是看到救命稻草一樣，眼淚整個噴了出來，但卻連救命兩個字都說不出口。

「我們沒做什麼啊！只是這妹妹看起來喝醉了，我們要送她回去～～」兩個男人睜眼說瞎話。

「我們會負責叫車送她的，客人請進吧。」俊男則微笑著，讓開了通道讓兩人進入，他們互看一眼，也只能摸摸鼻子先行進場。

林齊喘著氣，整個腿軟坐在地上，淚眼汪汪看著俊男。「我不要當女生啦……」

「就知道平常你們人類女生承受多少性騷擾了吧？」俊男則是蠻不在乎地微笑。「但是，很多女生也很懂得善用自己的武器，妳在這邊毫無防備的，不如快點回去吧。」

「你不是要幫我叫車。還有，我沒有錢……剛才僅有的兩千都放在飯店了……」

「真是……受不了妳耶！」俊男嘆氣。

♡

林齊拖著疲憊的身軀回到家中，好在她上大學後就自己出來租屋，否則這樣回家也解釋不清楚。

「是變成女生後連鼻子都變靈敏了嗎？為什麼有一股男人臭味？」林齊邊說邊苦笑，還是一頭栽到了床上，陷入了夢鄉。

她總覺得這一切都像是一場夢，希望睡醒了就沒事了……

但隔天叫醒她的不是鬧鐘，而是呼吸困難的沉重，她睜開眼睛，看見兩陀渾圓壓在自己的胸口。

「難道就是這讓我呼吸困難？大胸部的女生也太辛苦了吧。」她一邊碎念一邊起來，對於自己還是女兒身的模樣感到不滿。

但說歸說，還是決定要去洗澡。

脫下了衣服後來到浴室，打開了蓮蓬頭等待熱水，看見了鏡子中自己的倒影。

「不得不說，我的身材還真好。」這大概是林齊見過最漂亮的女人了，散發著女性魅力，全身沒有一絲贅肉，連胸部的形狀都非常漂亮，沒有下垂，乳頭更是小巧的粉紅，還有那白皙的肌膚。

要是還有雞雞，她現在大概都勃起了吧。

她的手摸上了自己的胸部，柔軟又有彈性，用食指彈過乳頭，原先只是玩笑地想這麼做，但是一陣酥麻卻傳了上來，陌生的觸感讓林齊忍不住呻吟。

於是她放膽將兩手都放到自己的乳房上，並用食指來回撥弄，陣陣的快感使她感受到下體似乎尿了出來，她嚇了一跳，下意識把手往下一摸，是一團黏液的濕露。

瞬間，她紅起臉來，明白這是什麼。

「天啊，女生的身體也……太敏感了吧……」只不過自己摸了幾下就有感覺了嗎？

她要不要……在這難得的時間，好好地探索身體呢？

不不不！在想什麼啊！

她可是男生，要用女生的身體做什麼事情，也是恢復成男生的身體才能做的！

沒錯，就是這樣！

林齊說服了自己後，來到蓮蓬頭下洗澡，一邊清洗身體時一邊告訴自己。「我可是在洗澡！是神聖的沐浴過程，心無雜念！不可以亂來！」

可是當她用蓮蓬頭沖洗下半身的時候，那強烈的衝擊還是讓她差點腳軟。

彷彿發現了新世界一樣，用蓮蓬頭的水柱沖洗下身，竟會有如此快感。那和當男人時摩擦的快感不同，是另一種更加舒服的感覺，她說不上來。

「要、要清洗才行……」她用手指輕輕翻開了下體的花瓣，那瞬間她再次發出呻吟。

到底女生……都是怎麼洗澡的？

她好不容易靠了意志力讓自己不要過於沉浸在「自慰」之中，洗個澡後反而像是更累了一樣，她擦乾了身體，卻拿濕答答的頭髮不知道該怎麼辦，只好隨意先套起自己的T恤，然後走出了浴室。

但一踏出浴室，她先是看見玄關多了一雙球鞋，她還來不及反應——

「妳誰啊？」

羅澤的聲音出現在她的房內，只見羅澤坐在她的床上，瞠目結舌地看著她。

「你、你怎麼進來的！」她大叫，才忽然想起羅澤有她套房的鑰匙。

但羅澤卻站了起來，上下打量著林齊，帥臉露出了微笑。「原來是臨時有妳這樣等級的約，難怪會甩了小青啊。林齊這小子，在哪裡跟妳認識的？居然沒跟我說一聲。」

他沒認出我！

這是林齊第一個想法，但這也是正常的，畢竟誰會把不同性別的人聯想成是自己的朋友啊！

「好、好了，林齊不在，你快點出去吧。」

「不要。」羅澤往後直接躺到了床上。「我要在這等林齊回來。」

「你……！」

「話說，你們昨天就是在這個床上做的吧？」羅澤單手側在太陽穴，帶著笑容看著她。「怎樣，林齊技術好嗎？」

或許是身為女性的關係，羅澤看起來比平常還要有魅力一百倍。

林齊紅起了臉，想起了傻男的話。

用女生的身體，試試看男人吧。

我……要不要跟羅澤做做看？

第三章　那就上來吧

雖然只有一瞬間，但是林齊的腦中還是浮現了這個想法。

她立刻搖頭，把這可怕的念想拋諸腦外，跟自己的死黨做愛？別開玩笑了，太噁心了吧！

「怎麼不說話？」羅澤這情場高手當然注意到眼前女孩紅起的臉啦，但是他很有耐心，不會急著戳破。

「你、你別問這麼多，反正你快點出去。」

「我為什麼要出去？」羅澤兩手一攤。「妳是林齊的女朋友嗎？」

「瘋啦！當然不是！」她大喊。

「哈哈，那所以身為一夜情對象的妳，和身為林齊好朋友的我，到底是誰該離開他的房間，這一點我想應該不用說明吧？」羅澤故意笑著說，雙眼一直肆無忌憚地來回掃射眼前的裸體女人。

這女人該說是蠢，還是說是在誘惑他呢？

全裸著卻絲毫沒有想要遮掩身體的意思，不，她的行為舉止不像是在誘惑他，難道是忘記自己沒穿衣服嗎？那也太蠢了吧？

不過……她那個身材，還真是不得了啊。

光是這樣，羅澤的下體就已經矗立起來。

「等……！」林齊驚慌失色，她是看錯了嗎？羅澤那鼓起來的東西不會是她想的那個吧！

他居然對自己勃起了嗎？這是什麼噁心的發展！

「你最好給我收斂一點！」林齊出聲警告，雙手不忘叉腰才顯得更有氣勢，但這模樣卻讓羅澤笑了起來。

「笑、笑什麼？」林齊覺得自己被看扁了。

「妳裸著身體講這些話，非常沒有說服力啊。」羅澤站了起來，這裡是指他身體整個站起來，不是他下面的東西站起來，雖然在羅澤站起來後，下面那根站起來的模樣也更加明顯了。

不過，他說什麼？自己沒穿衣服？

林齊往下一看，只見兩陀渾圓以及堅挺的粉色乳頭就在眼前，她才意識到自己居然沒穿衣服就出來了！

這是她本來的習慣，自己在家洗澡幹麼還穿衣服，況且也好幾次在羅澤面前裸體，所以林齊根本沒有覺得哪裡不對勁。

除了她忘記自己現在是女生的身分外！

「你給我放尊重一點喔！」她立刻遮住自己的下面，但想想女生好像該遮住胸部，又一手往上遮住胸。

不過胸部實在太大了，一隻小手根本沒辦法遮住，反而還因為指尖滑過乳頭而覺得一陣酥麻。

「我就是尊重妳，才會這樣子啊。」羅澤帥氣的臉蛋露出痞子般的壞笑，不知道是因為變成女生的關係，連這種平時看了覺得欠揍的表情，都像有了濾鏡一般覺得好有吸引力。

「什、什麼東西？」冷靜一點啊！林齊！

她在心裡對自己喊話，眼前不過是千人斬羅澤，不會付出感情只會和人上床的羅澤啊！

自己在那邊暈個屁！沒用的女人身體！

「我說，妳這樣的美人裸著身體在我面前，我不這樣的話就太沒禮貌了吧！」說完，羅澤就比著自己的下體。

「性、性騷擾啊！噁心！」林齊忍不住喊。

「這怎麼會是性騷擾，妳裸體難道就不是性騷擾我嗎？」羅澤還真能說。

「你離我遠一點喔！不要再靠過來了！」什麼時候羅澤已經靠自己這麼近了，這可不行，要快點把他推開才行！

畢竟！羅澤可是出了名的手腳快！

在林齊還是林齊的時候，也就是說還是男人的身體時，她曾經問過羅澤千人斬的祕訣。

「羅澤，你到底是怎麼和這麼多女人上床啊？」

「當然是我長得帥啊。」

「幹～～正經一點。」

「那我雞雞夠大啊！」

「馬的，長得帥這種一看就知道的事情我都當你在胡鬧了，你的大雞雞在看不見的地方，又不可能在釣女生的時候就露鳥，這怎麼可能會是成為千人斬的理由？」

「她們會吃好逗相報啊，我是做口碑的，懂嗎？」羅澤說話很不正經，也不知道他到底有沒有認真的時候。

扣除掉道德低下的亂幹炮王這項缺點（優點？），要是站在那不說話，羅澤真的是個長相帥氣的男人。

大概就是因為這樣的狀況，才會更加玩世不恭吧。

「前方有各式各樣的花可以採收，何必要只專注某一朵呢？」羅澤總是這麼說。

總歸，因為羅澤優異的外在與良好的性愛評價，黏上來的女人就不用說了，他看見喜歡的類型也會主動出擊，總是無往不利。

所以林齊知道，羅澤要是真的對女兒身的自己有興趣，那絕對很快就會下手。

她必須要好好慎防才行，就算真的要找男人上床才能恢復成男人，她也要找不認識的人才行！

「請離我遠……」

結果哇哩嘞，話都還沒說完，羅澤已經親了上來。

我的天啊，變成女人的我居然跟死黨接吻了！

在那瞬間，林齊的腦中不是覺得噁心，而是浮現了這樣輕小說般書名的心得。

她原本以為會覺得噁心，事實上在下個瞬間也確實有一絲絲噁心的感覺出現。

可是很快的，被一種難以言喻的觸電感覺給取代，她全身都像是通電一般輕輕地顫抖著，寒毛彷彿都些些立起，顫抖無比。

羅澤柔軟又纏人的舌頭在她口腔打轉，輕柔地舔舐與纏繞，林齊想推開他，可是不知道是軟弱無力，還是女人的力氣天生就比較小，總之毫無作用。

見眼前的女人迷濛的眼睛與紅潤的臉頰，羅澤心想：到手了。

反正，這女人也不過是林齊一夜情的對象，不是本命，就算自己吃了她，林齊也不會生氣。

大概吧。

羅澤一邊想著，一邊手也沒閒著，順著林齊的腰摸上了她的胸部下緣。

「啊！」林齊其實是要發出抗議的叫聲，但是不知怎地，出來的聲音竟然變成了嬌喘。

一聽到這聲音，羅澤更加興奮。

「哇，妳聲音真不錯呢。」說著，羅澤低下頭，張口就含住了她的乳頭。

哇哩咧！

這個發展可不行啊！

林齊奮力想推開他，但是該死的羅澤技術真的不是炫耀的，那舌頭彷彿有生命一般玩弄著她蓓蕾，她從來都不知道乳頭也能這麼有感覺。

「我看妳也沒有很想拒絕。」羅澤笑著，抱起了全裸的她往床上走去。

「你、你不要……」

林齊的軟弱反抗毫無作用，就這樣被放到了軟床上，而羅澤已經開始脫掉他的上衣。

「要是林齊忽然回來了，就找他一起加入吧。」他爬上了她的身上。「他一直說他雞雞很小，但都不讓我看，真的很小嗎？」

「我才、才……」為什麼話都說不清楚，林齊妳真是沒用！

然後，羅澤忽然伸手到他的褲檔之中，拿出了那條史前巨蟒，這讓林齊眼睛忽然睜大。

「和我相比，他的大概多大？」羅澤問。

但林齊卻傻眼了。

幹，這也太大了吧！

見到眼前的女人目瞪口呆的模樣，羅澤是有些優越感的，他很享受這種感覺，每當女人見到他那令人讚嘆的尺寸後，總是會從猶豫變成躍躍欲試，畢竟一輩子能遇到多少大鵰？

所以說，他總是在女人還在猶豫的時候掏出來，大多數的女人這時候都會妥協。

並不是說女人膚淺，就像男人也一樣。

總之，羅澤看著眼前的女人表情，覺得已經成功了一半。

於是他再次親吻了林齊，那吻得林齊心亂如麻，不知道是不是變成了女人的關係，才會連帶自己對羅澤身上散發的雄性魅力如此無法招架，還是說……羅澤的魅力大到無論男女都會被吸引？

可是自己是男生的時候，明明從來沒對羅澤有這樣心臟狂跳的感覺啊！

不對……自己是男生的時候，羅澤根本不可能這樣親她，所以她當然不知道自己會有什麼反應。

就在她腦子還在胡思亂想的時候，羅澤的手早就貼上她的胸，食指在乳頭上來回逗弄。

「啊！」林齊發出奇怪的聲音，讓她自己覺得很羞恥。「你不要太過分！」

她想發出嚴正的抗議，但是那聲音聽起來是如此地軟弱無力，甚至帶點嬌喘。

「這一點說服力都沒有喔！」羅澤笑著，抬起了林齊的腳，手嘴並用地撕開了保險套。

「欸欸欸，你真的要在這張床上？太沒有常識了，這是林齊的……啊！」她話根本還沒說完，無節操的羅澤已經挺進她的窄穴。

林齊並不覺得痛，真是奇怪，明明該是處女，但她只是嚇了好一大跳，從未想像過下體有個洞是什麼感覺，更沒想過它被填滿會是怎樣的光景。

「很不錯嘛。」羅澤舔了嘴唇，抓住了林齊的膝蓋兩側，雙手陷入她柔軟的皮膚之中，並用力扳開，使得自己可以更加深入。

「啊！你這該死的……」林齊根本說不完後面的話，只能在羅澤一次次地撞擊之下，體會從未有過的快感來襲。

羅澤的手改扶上她的腰際，大腿伸到她的腿下，使得林齊下半身抬起，讓兩人性器更為貼合。

她可以感覺到羅澤的尖端頂到自己腹部一個奇怪的地方，某個點被摩擦得燥熱，讓她有種快要暈倒的感覺，同時也有種讓她……

「等、等一下，我覺得我快要……」

「快要怎麼樣？」羅澤十分享受林齊的身體，這女人是怎麼回事，身體的緊實度和柔軟度根本不是其他女人可以比擬的。

他彷彿快陷入她的身體之中，再刺激他一些，就快要出來。

「我快要……尿出來了，你滾出去啦！」

這就像是什麼開關一樣，配合著林齊通紅又帶著淚珠的雙眼，那惹人憐愛的模樣讓羅澤又伏下身親吻了她，然後對她說：「就尿出來吧。」

接著更加用力律動著，林齊流下眼淚大喊：「你、你這個變態！」

然後，她就真的尿出來了。

說不上那種感覺，但羞恥感充斥她整個人，可更多的是說不上的快感衝擊，使得她差點暈了過去，全身止不住微微顫抖著。

「嗚……！」羅澤緊抱住了林齊，釋放了出來。

林齊能感受到體內的巨蟒一陣陣地抽動，連帶她也嬌聲連連。

「難道這就是女人的高潮嗎？真是太猛了吧……」

「難道之前都沒有高潮過？」羅澤打趣地問。

「你這王八蛋，你強暴我！」林齊跳了起來，打算下床，可是卻雙腿發軟。

「我可沒有喔！」羅澤笑著扶起了她。「不覺得我們性向挺合的嗎？」

「……」

「反正妳和林齊也沒在交往，不如和我保持這樣的關係吧？」

「我才不要！你最好馬上給我離開！」林齊無法忍受自己被羅澤搞到高潮，但同時也對女人身體的奧妙感到驚豔。

原來女人每次都會這麼爽的嗎？她剛才似乎還翻白眼加流口水了，但怎麼沒見過和自己上床過的女人有過這樣的表情？

「幹麼這樣趕人啊？難道剛才不夠爽嗎？」羅澤邊笑邊拔掉保險套，裡頭充滿著白色精液，他在上頭綁起了一個結後丟入垃圾桶。

林齊不說話，的確是很爽……而且太爽。是女人就都會這麼爽，還是單純是羅澤技術太好？

雖然很不想承認，但看樣子應該是後者。

「……怎麼做的？」

「什麼？」即便射完精，羅澤的那根還是存在感強烈，林齊實在羨慕嫉妒恨。

「我說，你剛才是怎麼做的，又做了些什麼，怎麼能讓我……」她看了床上那一片濕潺，大概就是傳說中的潮吹，她明明Google過這並不是時常發生的狀況，怎麼會被羅澤搞出來。

「讓妳這麼爽嗎？」羅澤不懷好意一笑。「剛剛可能太突然了，妳沒時間好好體會，不然我們等等再來一次，這一次妳要好好記住感覺。」

「別、別亂來！我不打算和你再做些什麼！」林齊立刻往旁邊一跳。

「我看妳沒很抗拒啊，衣服也不好好穿起。」羅澤笑著拿起一旁的手機，一邊碎念：「奇怪了，林齊怎麼還沒回來？」

這時候林齊才意識到糟糕了，不能讓羅澤知道自己就是林齊，不然也他媽太尷尬又太噁心了吧！

羅澤則傳了訊息給林齊，沒注意到林齊一旁包裡的手機振動。

「林齊沒回應，還真怪，買早餐買到哪去了？」羅澤把手機丟往一旁。「我先去洗個澡，等等再來一次。」

「來你媽！」林齊對他比了中指，羅澤倒是哈哈大笑起來。

「妳還真有趣！不然也一起進來洗吧？」

「洗你媽！」林齊又喊，羅澤大笑著進去了浴室。

沖水聲音傳來，還伴隨著羅澤唱歌的聲音。

幹啊～～羅澤要是賴著不走，那自己要怎麼辦！還有學校呢？學校又怎麼辦！

她一定要再去跟俊男嚴正抗議，他毀了自己的生活、讓自己還跟好友上床，真是有夠王八……砰！

她感受到暈眩，立刻坐到了床上，同時間覺得呼吸不太順暢，忽然她看見自己的胸部逐漸縮小，身高也拉長，幾乎是一瞬間暈眩和耳鳴都消失，他站了起來，不需要走到鏡子邊也能知道，自己變回男生了。

「妳不進來洗嗎？」羅澤的聲音從浴室傳來，林齊立刻打開衣櫥穿好衣服。

俊男說過做愛就能變回男生了！

萬歲！

幸福來得太突然，就這麼無預警地變回了男生，這讓林齊差點要大喊萬歲。

可是他馬上想到羅澤還在浴室裡面，得裝作剛回來才行。

所以他輕手輕腳地來到玄關前，準備穿上鞋子開門後假裝回來，但那瞬間，浴室的門卻打開了。

「想逃……咦？」一隻大手從後方環住了林齊的肩膀，但羅澤馬上發現不對。「林齊？」

哇嘞，剛才才被羅澤這王八亂來過，現在林齊被他碰到還是有些彆扭，而且最氣人的是，羅澤那處即便處於沉睡之中，也比林齊的大上不少，可惡！上天真是太不公平了。

「喔，喔喔！羅澤，你怎麼會在這？」林齊故作自然地問。

羅澤張望了一下。「那個女的嘞？」

「什麼女的？」林齊打算先裝傻。

「少來，長髮胸大的那個啊，昨天跟你玩的。」羅澤拿起毛巾遮住自己的下半身，在屋內張望。

根本沒辦法在羅澤面前裝傻，林齊只好說：「她剛才走了，就在我回來的時候。」

第三章 那就上來吧

「居然跑了嗎？」羅澤一臉惋惜。「你在哪裡勾搭到她的？有沒有聯絡方式？」

「沒有，夜店一夜情，你死心吧。」反正自己不會再變成女生了，也沒必要多說，和羅澤的那一場，就當作是被狗咬到吧。

不過，女生的身體還真是厲害，那種舒服的感覺還真無法言喻。

「哪一家夜店？」羅澤一面穿衣服一面問：「遇到那樣的女生，難怪你會把小青丟在旅館，有夠不給面子的！」

「我才不……」真是糟糕了，好不容易遇到小青那樣的女生，這下該怎麼辦？

「我再跟她解釋好了。」

「不用了啦，你把人家丟在旅館，小青只好跑來找我們了。」羅澤露出了淫亂的表情。「所以我們四個大戰一場。」

林齊傻眼。

「你應付得來？」喔，想到剛才的羅澤，他的確應付得來。

「但是小青跟我說她不喜歡大屌哥！」

「哈哈！女生說不愛大屌你信？」

「幹，怎麼不信！」林齊覺得被背叛了。「而且一開始也是你說她不愛大屌的！」

「她第一次跟我的時候的確不愛啊，但昨天可能開竅了吧，看到那兩個女的欲仙欲死，自己也想嘗試了。」羅澤聳肩。「反正逢場作戲的女人罷了，你還妄想跟她們談戀愛嗎？」

「你總有一天會精盡人亡。」林齊憤恨地詛咒。

「至少做鬼也風流。」羅澤大笑起來。「我們剛才用了你的床，要不要幫你洗一下？」

「不用了！快滾吧！」林齊下了逐客令。

「跟我說是哪一家夜店認識的吧？我去碰碰運氣。」

「你還真是不死心。」於是林齊報出了天使酒吧的名稱，想著反正恢復男兒身的他也不會再去那了。

「收到！別忘了要來上課喔。」羅澤說完後就離開了林齊的租屋。

「唉，我真是有夠衰。」林齊嘆氣地坐下，卻忽然一陣雞皮疙瘩。

明明是相同的沐浴乳，但為什麼在羅澤身上就是有種致命的感覺？

他回頭看了凌亂的床鋪，上頭還沾有一些黏呼呼的液體，讓林齊想起了剛才的事情。

明明已經沒有女性的器官了，但他卻覺得下腹部的深處傳來了陣陣搔癢的感覺。

他轉過頭拉起了剛才的棉被，傳來了羅澤的味道，感受到下體逐漸硬起。

「哇嘞！」他立刻把棉被往後一丟且站起來，別鬧了，是女人的自己就算了，連是男人的自己如果都因為羅澤勃起的話，那能看嗎！

「要是可以投訴天界的話，我一定要去投訴俊男！」

♡

大學的課程對林齊來說雖不到一塊小蛋糕的程度，但還算能應付。相反地，羅澤的成績就糟到不行。

只能說上天是公平的，沒道理什麼好處都讓羅澤占盡啊，畢竟有了大雞雞已經是三生有幸了。

「林齊，你知道羅澤下一堂課會來嗎？」班上的大胸女神穿著低胸洋裝，一面擠弄她的壕溝，一面性慾大開似地問。

「喔，會吧。」林齊見到這樣的春光，也覺得十分養眼，但這些機會總是不屬於自己，所以他也別浪費時間翹起來，以防尷尬。

「那～～我可以坐在你旁邊等嗎？」她勾起自己的頭髮，濃烈的香水味傳來。

女神當然跟羅澤搞過，但羅澤似乎沒有興致要再和她繼續，所以最近都有點躲著她。

「呃～～隨便妳吧。」但林齊可沒有義務幫羅澤處理死纏爛打的女人，所以他也聳肩不想多理會。

於是女神就開心地坐在了林齊身邊，過了一會兒打鐘了，羅澤才慢條斯理地從教室外走進來，一見到林齊便露出笑容，伸手與他打招呼。

不過當他靠近的時候，注意到了旁邊坐著大胸女神，先是臉色一僵，似乎馬上決定要換位置，可是教授也進來了教室，他只能選擇坐下。

「羅澤，好久沒跟你說話了呢。」女神馬上趁勝追擊。

「嗯，專心上課。」羅澤一秒打槍。

「那專心上課之後，有什麼獎勵嗎？」可是女神不會退縮。

「大概是可以考到好成績吧。」羅澤一笑，轉而對林齊說：「天使酒吧我連續蹲點了兩天，沒有見到那個女的。」

「哪個女的？」女神耳朵尖得很。

「你幹麼把戰火轉到我這……不對，你還真的去蹲點喔……」羅澤難得會對一個女的這麼執著，要是平常林齊一定會笑他，但前提是那個女的不是自己的話。

「當然，沒有女人在我說還要來一次的時候卻跑了的。」羅澤謎之自信，但一旁的女神已經氣到七竅生煙。

「所以林齊，你今天晚上再跟我去蹲點吧？」

「我才不要嘞！」他趕緊拒絕。

「下面的，吵什麼吵？」教授發出警告，兩個人只好閉嘴。

還以為拒絕羅澤就沒事了，不過下課後，羅澤為了閃女神所以馬上溜出教室，而女神把目標轉向我。

「林齊，羅澤是又跟什麼女人勾搭上了？」

「啊他就……沒停下來過啊，妳也別浪費時間在他身上了啦。」

「從來沒有男人跟我上床後還像羅澤這樣子的，我一定要得到他！」女神咬牙切齒。

「好吧好吧，妳加油～～」林齊收好東西立刻就要跑，但是女神卻抓住他。

「今天晚上，我們一起去天使酒吧！」

林齊張大眼睛，怎麼就是脫離不了天使酒吧！

真是奇怪了，都說了沒有要去天使酒吧，怎麼羅澤和女神這兩位就是不肯放過自己呢？

就算林齊躲回了家裡，羅澤還是在晚上十點多時過來接人，真是完全不給逃避的機會耶。

「所以我說，反正那個女的你也上過了，幹麼還要去找？」林齊一邊和他走往天使酒吧的路上，一邊想勸退他的念頭。

「你不是也上過她？那你就懂吧？她不一樣啊。」羅澤感覺念念不忘，這模樣還真難得。

「呃……是要怎麼上啦……」林齊只是自己發牢騷，畢竟自己要怎麼上自己，但這細微的聲音卻被羅澤聽見，瞪大眼睛轉頭。

「什麼啊，所以你沒上她喔？為什麼？」

「就、就沒有啊，純友誼。」林齊隨便回應。

「這模稜兩可的回答是怎麼回事啊？老實說！該不會你真的認識她吧！」羅澤勾住他的脖子，導致林齊整個人像是被他包覆起來。

「不不不，我真的不認識！」這讓林齊想起當女人時被擁抱的情境，讓他莫名紅起臉，羅澤的氣息好近，天喔，這是怎麼回事。「天使酒吧到了！快點進去吧！」

所以他只好趕緊轉移羅澤的注意力，比著前方閃亮的招牌，羅澤斜眼看了他。

「不要讓我發現你明明有她的聯絡方式，還讓我這樣蹲點喔。」

第三章 那就上來吧

「我不認識啦！」

他們推開了酒吧的門，涼爽的空氣吹來，消去了夏夜的暑氣，找了吧檯的位置坐下後，酒保親切上前詢問：「需要什麼酒類？」時，和林齊對上眼。

俊男並沒有說話，也依舊保持著親切的笑容，但是林齊不知道為什麼似乎能理解他的意思，俊男彷彿在說：『你來做什麼？』

「我的這位朋友要找一個長髮的大胸美女啦！只因為上了一次床就念念不忘，所以這幾天一直過來蹲點，你有見過嗎？」林齊也不知怎的，一股腦兒全說出來，這讓俊男從原本的疑惑轉變為幸災樂禍。

「原來如此啊！難怪想說這幾天時常見到你，被搭訕也都不理會對方，像你這樣的帥哥很難得耶。」俊男看起來十分開心，還不斷用曖昧的眼神瞄林齊，這讓他馬上後悔剛剛自己那麼誠實，這樣不就表明自己已經和男人上床過了嗎？

「你見過嗎？」羅澤問俊男。

「嗯……」俊男故作沉思，而林齊上身往後一傾，雙手不斷比著ＸＸ，要俊男否認。

「我看，你們先點酒吧！點了我才想得起來啊。」就是天使也不忘做生意。

「那……他要Mojito，我就隨便吧，你推薦。」

「好～～幫你送上特調！」俊男眨了眼睛，立刻開始作業。

酒吧裡頭音樂轟隆卻不刺耳，男女間靠得老近對話，與夜店不同的是，這裡的人不太會公然發情，而是會躲起來發情。

畢竟夜店是歡鬧的地方，但酒吧算是聊天的地方。

在俊男送上調酒之前，羅澤還不斷追問著關於女林齊的事情，讓他十分頭痛。可就在這時候，一雙手搭上了林齊的肩膀。

「好巧啊，你們也在這裡？」女神微笑著對他們打招呼，身邊還有別的女孩正津津有味地看著帥氣的羅澤，完全忽略一旁的林齊。

「妳怎麼會在這？」羅澤倒是沒有好臉色。

「這裡是酒吧，公眾場所，我不能來嗎？」女神說著，不屈不撓。

「隨便妳。」羅澤轉過頭，正好俊男也送上了酒。

「請用。」俊男邊說邊意味深長地看著林齊，這讓林齊起了雞皮疙瘩。

想到之前俊男說過，他們天使會在酒裡面下藥，助長人類的情慾。

呃……這杯酒，還是不要喝的好。

「這杯請妳吧。」他轉而把Mojito交給了女神，要是羅澤和女神都因為下藥而情慾高漲又幹了一炮的話，說不定就沒事了，皆大歡喜。

「哎呀，這怎麼好意思。」女神說歸說，還是接過了酒。

「請問你是羅澤吧？」而女神身邊的女孩居然發動攻勢，這讓女神瞬間瞪大眼睛。

「欸，妳在做什麼？」

「我第一次和羅澤這麼靠近耶，說一下話會怎麼樣嗎？」女孩不滿地嘟嘴。

「當然可以。」羅澤對待女孩和對待女神態度可說是完全不同，他立刻露出微笑，還拉開了旁邊的椅子請女孩坐下。

女孩朝女神聳肩，那挑釁的模樣可真明顯，就這麼坐到了羅澤身邊。

「可、可惡！」女神憤恨地握緊著酒杯，怨嘆自己帶錯朋友了，應該要帶羅澤也搞過的才行，至少不會像現在這樣和羅澤看對眼。

她氣得轉身往一旁的桌子走去，把Mojito當雪碧般的狂灌。

「羅澤，你真是……」林齊只說一半，反正羅澤也不會聽進去，想要甩人，的確狠心才是最好。

所以林齊只好自己下了高腳椅，來到女神身邊。

「好了啦，羅澤那樣子的男人只適合玩玩，不適合認真啦。」他說著沒用的安慰話。

「誰跟他認真！我也只是玩玩啊！」女神酒量看起來不好，臉已經紅了起來，但也可能是因為喝得太急的關係。

說著這些話的女神，雙眼濕潤得像是要哭了。

「原來妳這麼認真……」林齊喃喃，羅澤這傢伙到底有什麼好啊！不過是床上功夫好了些……嗯，應該說是非常好。

但難道這樣子，就能夠虜獲人心嗎？太膚淺了吧～

「嘔！」忽然女神手摀在嘴前，看起來很不舒服。

「妳還好嗎？我帶妳去廁所。」怕她吐在這邊，林齊立刻攙扶著她來到廁所。

不得不說，天使酒吧居心叵測，除了男女廁所外，還有一個性別友善廁所，而且不是一間，是好幾間。

嗯，美其名當然是性別友善。但是這群邱比特安什麼好心眼啊，完全就是炮房廁所。

可是現下這種情況，不可能帶女神去男女廁所，所以林齊只能帶她往性別友善廁所去了。

「來，妳吐在這邊吧。」林齊打開了其中一間廁所門，要女神往馬桶裡解放，但是女神卻轉身用力關上門。「怎、怎麼了嗎？」

第三章 那就上來吧

女神帶著紅潤的臉頰，微濕的眼神看著林齊。

「跟我玩一場吧。」

啥……啥？

第四章　新的友誼圈

「我說，和我玩一場吧。」

女神或許是因為剛才的衝擊，所以忽然自暴自棄把目標轉到林齊身上。

「冷、冷靜點，妳現在是因為太難過了，才會要找我，但我跟羅澤不一樣啊！」

「當然不一樣，你沒他那麼混蛋！」女神一邊將身體貼上林齊，另一隻手不忘找尋挺立的分身。「嗯？」

抱歉，太小了，妳找不到。

林齊想這樣回答，可是卻說不出來。

嘗過羅澤大鵰的女人，怎麼可能會看上他的雛鳥呢？

但，他又怎麼說得出口。

「沒關係，沒魚蝦也好！」女神說出傷人的話，並且將手探入林齊的褲襠之中，握住了那根豆芽。

我雖小，但我很硬，我驕傲！

小豆芽人小志氣高，但是林齊只覺得丟臉。

可是，被女神握住，還是非常興奮啊！

不過等等，再興奮林齊也是理智尚存。畢竟女神的臉紅到不可思議，況且只是一杯小小的酒，怎麼可能會醉到這種程度？

另外，林齊很有自知之明，他知道無論對方再意亂情迷，通常只要看到他的小鳥，馬上就會性慾衰退。

所以……林齊意會到，一定是那杯酒有問題。

俊男曾經說過，他們會在酒裡面下藥，讓男女發生了關係後，再去討論愛的可能。

所以女神的那一杯一定也有下藥。

但這藥效也太強了吧，怎麼會馬上就情慾噴發？這樣合理嗎？

「快點，快點脫掉啊。」

女神早就失了神智，一面要扯下林齊的褲子，一面也脫著自己的上衣。

雖然這模樣真的很令人著迷，更別說女神那大胸就在眼前，就算是女的都會想揉一把了，可是林齊真的不想在這種狀況下和女神發生關係。

「妳真的冷靜一點啦！」他用力推開女神，可是女神彷彿吃了波菜一樣變成大力水手，忽然用力扯下他的褲子，連內褲也一起拉下來。

「哇，跟羅澤相比還真的很小呢。」禮貌呢？女神？

「要是妳是女人，就懂為什麼我們都會忘不了羅澤。」女神用手指頭彈了一下小林齊。

因為這一番話，忽然讓林齊想起了被羅澤壓在身下的感覺。

他有些騷動，明明已經是男人了，卻感覺自己腹部癢癢的。

「我的老天——」

林齊驚呼，因為女神居然含住了他的豆芽。

在他想起羅澤的時候，忽然被這麼套弄著下體，那種感覺又來了，強烈的暈眩，還有直衝腦門的慾望交織，忽然之間變成一股要爆發的能量一般。

「不行了！」他喊著，用力將女神往後一推，結果女神頭往後一撞敲到了馬桶，就這樣暈了過去。

而林齊感受到視線變低，以及衣服寬鬆。

她低頭看像自己的胸前，ＯＫ，不輸給女神的大胸。

真是幹啊，又變成女生了！

「怎麼回事啊！為什麼又是這樣！」林齊忍不住大叫！

俊男不是說做愛才會變身嗎？難道口交也算做愛？有沒有一點邏輯！

正巧現在就在天使酒吧裡，她可以馬上去問俊男，就算俊男說不行又怎樣！

可是不對，羅澤也在外面，而且還在吧檯那。要是她就這樣去吧檯，絕對會被發現，況且她身上還穿著林齊的衣服，要是真的被羅澤看到，那要說她跟林齊只是一面之緣，絕對跳到黃河洗不清。

於是，她看看自己，又看看不小心撞暈的女神，湧起了一個可怕的想法。

「女神啊，妳就穿我的衣服，然後妳身上的衣服讓我穿吧。」

林齊一邊說，一邊拉下女神已經脫了一半的衣服，才發現自己沒有內衣。

呃，脫掉女神的內衣，怎麼說也不太好對吧。

所以林齊只能裸胸套上女神的貼身上衣，使得兩顆小豆子挺立起來，雖然有點害羞，但也沒辦法。

難道以後自己都得要隨身攜帶女裝嗎？

她快速地交換了兩人的衣服後，篤定羅澤絕對認不出女神的穿著，就這樣走出了廁所。

她先是在轉角處張望吧檯，羅澤原本坐的位置已經換人了，又看了一圈酒吧裡其他地方，確定羅澤都不在，心想大概和那個女的去開房間了吧。

於是她鬆了一口氣，大步走向櫃檯，直接朝正在和客人聊天的俊男方向走去，一屁股坐上高腳椅。

「請問要……噗！」俊男一見到是女版的林齊，馬上顏面神經失調。

「我怎麼會變成這樣！」

「這就要問妳了啊，施主，怎麼在神聖的酒吧變成這樣子呢？」俊男微笑著，還一邊幫林齊送上Mojito。

「我不要喝你這杯飲料！女神喝了之後才變得奇怪，才會……」

「啊……所以妳才會變成這樣吧？」俊男眨眼，忽然看見同事靠近後立刻說：「小姐，這杯我請妳。」

林齊當然注意到其他邱比特的靠近，也明白俊男想要隱瞞的心情，但是她可不想再次遭受莫名的變身，要是哪次上課上到一半變身還得了。所以她可不想給俊男好臺階下。「我跟你說，你不要想……」

「我終於找到妳了！」

靠，一股寒意從腳底板直衝上來，往她的腦血管奔去，林齊彷彿都能感受到自己每條神經都在吶喊。

么壽喔！羅澤不是走了嗎！怎麼還在這。

林齊根本不敢回頭，羅澤已經一屁股坐到了她旁邊的位置，帶著興奮的笑容看著她：「妳還記得我吧？」

俊男抓準機會開溜，還不忘對林齊比個讚。

「我真的很想殺人……」

「妳說什麼？」

「沒什麼。」林齊咬牙切齒。「你怎麼還在這？」

「還在這？所以妳一開始就發現我了嗎？」

糟糕，話沒說好。

「我是說……」林齊想不出解釋的句子，羅澤又接著說：「所以妳早就知道我會來這裡找妳？可是妳卻避不見面啊～～」

「你找我做什麼，不過做過一次，還死纏爛打。」林齊現學現賣，把羅澤曾經說過的話拿出來用。

「哇，沒想到有一天我會聽見有人對我說這樣的話耶。」可羅澤看起來挺開心的。「這樣說好了，我們要不要以交往為前提相處下去呢？」

「什麼？」有沒有聽錯啊！林齊簡直不敢相信自己的耳朵。

羅澤這樣遊戲人間的男子，居然會說出想要交往的這種話？

「你在開玩笑嗎？」

「沒有，我很認真喔。」

「為什麼？你看起來不像是會想定下來的人啊。」

羅澤聳肩。「或許是沒遇到對的人吧。」然後講出了這麼噁心的話。

等一下，該不會是想要說什麼以交往為前提，事實上只是想要上床吧！

林齊看著羅澤，不是很信任。

應該說，這麼離譜的事情她根本不可能會答應，畢竟羅澤可是男人啊！

「你用什麼東西來評論是不是對的人？」林齊反問。

「嗯～～好問題，一種感覺吧。」羅澤摸著下巴。「又或是說，上床契合度？」

沒救了。

林齊翻了白眼，這表情當然被羅澤看得一清二楚。

「妳可不要覺得性不重要喔，不然性愛兩字為什麼要排在一起？」

「這……」

俊男也說過類似的話，但是怎麼說，林齊總覺得有點奇怪。

明明她不是女人，但卻糾結這種好像女人才會在意的事情，難道是因為自己現在外型是女人，連心態也變成女人了嗎？

「總之，不用想那麼多啊！我們就開心地在一起，不就好了？」羅澤邊說邊一把勾住林齊的肩膀，從他身上又傳來了好聞的味道。

真是奇怪，怎麼聞到羅澤這個味道，林齊就會覺得蠢蠢欲動？不得不說，和羅澤的那一次的確是很美好的體驗，難道自己也是一個被慾望驅使的人嗎？

俊男也注意到他們的互動，不斷對著她使眼色，好像要她放下一切接受一樣。

「……我、我考慮一下。」像是被迷惑了一般，她講出這樣的話。

羅澤挑眉，露出笑容，看起來很高興。

「那今天就這樣……」

「等一下。」

她原本準備要逃，但羅澤拉住了她的手。「又怎麼了？」

「妳要留下聯絡方式給我啊，不然我要怎麼找妳？」

我根本沒有聯絡方式啊！我的手機就是林齊的啊！

她在心裡吶喊，但又不能講。

「這樣好了，你把手機號碼給我，我會自己跟你聯絡。」

「我不相信這一招喔。」羅澤搖頭。「要是妳今天不給我，我就不讓妳回去。」

么壽喔！

「不是啦！是真的、我真的現在不方便！」

「那我也不方便讓妳回去啊。」

「我發誓，我是真的現在不方便，我一定會跟你聯絡。」

羅澤思考了一下，鬆開了手，然後拿起一旁的衛生紙，順手寫上自己的電話號碼。「我也不是真的不近情理，來，這是我的號碼，我會等妳聯絡。」

林齊看著那張紙，接過後握緊在手心。

「那、那我要先走了。」

「妳叫什麼名字？」

「咦！」

「至少可以跟我說一下妳的名字吧？」

名字，名字，要叫什麼名字？

完蛋了根本臨時想不出名字啊！

「林齊……」

「林齊？」

糟糕！

林齊下意識地講出了自己的名字，但是已經被聽到了再更改也很奇怪，於是她轉著眼珠，只好趕緊說：「對，林綺，綺是綺麗的綺，不是站起來那個起立喔！」

「哇，妳跟林齊名字發音一樣耶，就是妳在的那個家的朋友。」

「嚴格說起來不一樣，我是三聲，他是二聲。」

「對了，妳和他真的沒有上床？」

「有又怎樣，沒有又怎樣？」林綺咬唇。「你不是不在意？」

「是不在意，但就好奇問問，沒上床怎麼會去他家？」

「就只是聊天。」

「那我也約妳來我家，只是聊聊天？」羅澤手托在下巴，迷人得要命。

「我完全不相信，你根本不可能只聊天。」林綺說。

「哈哈哈！」羅澤笑了起來，爽朗無比。

「你怎麼在這裡……啊……」剛才原本和女神在一起的女生跑了回來，見到林綺後露出敵意。「這是哪位呀？」

「喔，我的朋友。」

對於羅澤簡短的介紹，還有明顯對她很有興趣的模樣，讓這個女生非常不高興，但是眼尖的她卻發現不對勁的地方。

「這不是女神的衣服嗎？」

林綺嚇了好大一跳，靈機一動。「誰、誰跟我撞衫？」

女生轉動眼珠。「沒什麼，她跟林齊去廁所怎麼這麼久？」

「想也知道他們在做什麼啊。」羅澤笑了起來。

「那～～我們剛才不是也已經走出去了嗎？你說忘記拿東西要我等你，我等很久耶。」女生開始撒嬌，還把上身靠在羅澤身邊，不斷用胸部去擠壓著他。

可是眼前已經有羅澤朝思暮想的林綺了，才沒空管旁邊的女生呢。

「我跟她還有話要說，不然就先這樣吧。」羅澤技巧地甩開了那女生的碰觸。

「或許妳去廁所看一下林齊他們的狀況，還是我幫妳叫車？」

被這樣明目張膽地拒絕，女生漲紅了臉。「不用！我自己去！」

說完，她就踩著用力的腳步走去廁所。

糟糕，要是她到廁所發現穿著自己衣服的女神，那就不好了。

「那個，我拿到你的電話了，那我真的要先走了！」林綺必須快點開溜才行。

「好吧，我會等妳聯絡。要是妳不聯絡我的話，下一次若是又這樣巧遇……」羅澤扯了嘴角。「妳就要有心理準備了。」

哇嘞，這這這，林綺當然明白是什麼意思。

但是，她只要想辦法變回男生，不要再變回女生就好！

這樣子，羅澤就永遠遇不到林綺了啊！

可是……她要怎麼變回去？

俊男說做愛就好，她要去跟誰做愛？況且……況且第一次變身她也沒有和任何人做愛也是變身了啊！

她偷看了俊男一眼，但俊男只是聳肩。

「我會聯絡你的。」雖然她很想快點變回男生，但今天可沒有心裡準備要跟羅澤做什麼。

「好，我相信妳。」羅澤也乾脆地放她走。

當林綺離開後，俊男靠上了羅澤這邊。「你不是找她好幾天了嗎？這麼乾脆就讓她走了喔？」

「畢竟也不能把她關起來。」羅澤開玩笑的回應。

「嗯……你知道一件事情嗎？」俊男壓低聲音，他興起了一個念頭。

「什麼？」

「這杯我請你，你有想過愛情究竟是怎樣嗎？」俊男遞上了一杯透明的酒，在裡頭的氣泡似乎還湧出了粉紅色的光澤。

「愛情不就那樣？」羅澤笑了，請客的酒不喝白不喝。

「是啊，但是性與愛啊……」

♡

搭上計程車回到租屋處的林綺思考著，自己性轉的原因是什麼。

她很快地歸納出了重點，就是慾望。

當她興起了強烈的慾望時，就會變身。

這就能解釋第一次明明沒和小青上床，只是聽到羅澤和別人的聲音她就興奮起來變身了。

以及剛才女神的碰觸，讓她受不了也變身了。

所以說……這樣子的話，自慰應該也能變回男生，沒錯吧！

ＯＫ，想得簡單，但做起來卻很難。

首先，林綺不知道要怎麼用女生的身體自慰。

應該說，她知道或許是摸摸胸部、把手放進去、又或是揉捏小豆即可。

但是，她怎麼弄，就是怎麼不對。

沒辦法像是羅澤的手那樣令她舒服，所以說，即便她摸著裸體的自己，也沒有特別的感覺。

就算有，也沒有羅澤帶給她的快感。

所以說天亮了，而她還是林綺，沒有恢復成林齊。

正當她喪失鬥志並且決定今天要蹺課的時候，忽然看到一旁的手機，就想到答應羅澤必須加他好友才行，只好開始思考該怎麼辦。

「沒辦法，要是不小心又遇見他的話才真的完蛋了。」所以她只好多申請了一組帳號，讓手機能夠雙開。

沒想到有一天使用雙開帳號功能不是因為偷吃，而是因為性轉關係。

申請好帳號後，她隨意拍了張自拍當做大頭貼，接著加入了第一個好友，也就是羅澤。

『嘿，我是林綺，我已經加你了，沒有食言。』

她打出這樣一段話後，便傳送出去，然後去把頭髮吹乾，看了一下衣櫃，完全沒有女生可以穿的衣服。

對了，昨晚女神後來怎麼樣了？

改天去學校應該不會被她罵死吧？

「沒辦法，只能先去買衣服了。」

她拿起比較小件一點的衣服和褲子穿上，看見激凸的兩顆，又嘆氣道：「還得去買內衣才行。」

當女人還真的是非常麻煩啊！

她又看了眼手機，羅澤居然還沒已讀，這點也是蠻奇怪的，他不是很急著想找自己嗎？

難道在自己離開之後，羅澤又回去跟那個女生好上了？

雖然是沒什麼關係，但是林綺覺得有點不爽就是。

她來到家附近的內衣店門口，來回踱步地猶豫，她經過好幾次，但沒想到有一天自己要踏入，還是要穿在身上的。

「拚了！」她推開了玻璃門，馬上傳來一陣香甜的味道，一位漂亮的年輕女生上前。

「歡迎光臨，請隨意看看喔！」

「我想買內衣褲，但不知道買哪種的……」

「要有墊還是沒墊呢？知道尺寸嗎？想找哪種款式呢？」

林綺頭暈，怎麼有分這麼細嗎？男生只要四角褲四套一起就好，方便得很。

「就、就都交給妳決定吧……」她放棄。

「好，我來幫您量一下尺寸喔。」小姐熟練地拿出了皮尺，稍微碰觸了胸部外圍。

這種碰觸並不色情，也不會引起任何慾望，感覺還真特別。

原來女生碰女生的胸部就是這樣嗎？

「我幫您拿尺寸。」小姐對林綺一笑，然後又朝後方喊：「小姐，您等我一下喔。」

這時候林綺才注意到店內還有其他客人在，一位纖瘦又有著黑色長直髮的女生正站在性感內衣區，比較著黑色與紅色的蕾絲哪件好似的。

女生還真辛苦，為了取悅男人，從內衣褲就要開始講究。

「這邊請喔！」小姐拿了幾件適合林綺的尺寸，並要她到試衣間更衣。「如果有需要請隨時叫我，我先去服務其他客人喔。」

「沒問題，穿內衣而已。」林綺自信滿滿。

結果沒想到，脫內衣很簡單，穿內衣需要技巧。

這尺寸看起來很合適啊，但怎麼穿就是不舒服。林綺只好拉開布簾，想要喊那位小姐。

可布簾一拉開，看見的居然是剛才的黑直髮女孩，她正準備進去對面的更衣室。

兩人對看，黑直髮女孩先是眼睛微張，接著看著把林綺胸部肉擠到都跑出來的內衣，然後微笑說：「店員小姐有其他客人在結帳，妳需要幫忙嗎？」

「呃，沒關係，不用好了……」

「確定？我看妳好像不太會穿？」女孩問：「要不要我幫妳呢？」

她曾經聽其他女生說過，買內衣時店員都會進來幫忙「喬奶」，覺得十分新奇。

雖然女孩不是店員，但也是女生。

「會不會很麻煩妳？」

「完全不會～～」女孩笑得開心，那小巧的臉配上大眼挺鼻小嘴，五官精緻得美麗非常。「我叫做三上悠，妳呢？」

「喔，我叫做林綺。妳是日本人嗎？」

「對呀，混血的，爸爸是日本人。」她甜甜一笑，林綺也跟著一笑，讓三上悠進入了自己的更衣室。

空間雖然不大，但兩個女孩在裡頭還綽綽有餘，整個空間瀰漫著香甜的氣息，讓林綺有一點點小緊張。

「我的手有一點冰喔。」三上悠說著，將手從後方往前探，深入了林綺的內衣裡頭。「妳要些微彎腰，然後像這樣，把旁邊的肉往裡面撥過去，讓全部的胸都在內衣裡頭。」

「喔，好……」原來是這樣……「啊！」

就在林綺還在想穿個內衣也需要這麼多學問的時候，她感覺到三上悠將手從她內衣裡頭抽出來的瞬間，手掌擦過了她的乳頭，使得她忍不住叫了一聲。

「抱歉，我不小心碰到妳了。」她從鏡子裡看見三上悠抱歉的神情。

「啊，沒關係。」

「那我幫妳用另一邊喔。」三上悠又說，林綺點頭，這一次就沒有碰觸到了。

「好啦！接下來的內衣妳自己試試看吧。」三上悠微笑，稍微拉開了布簾。「這一件妳穿很好看喔。」

「謝謝妳，不好意思耽擱妳的時間了。」

「不用客氣，都是女人呀，要互相幫助。」三上悠一笑，就離開了林綺的更衣室。

林綺覺得自己剛才叫出聲音有夠低能的，怎麼連女孩的碰觸都會讓她有感覺，難不成自己是痴女嗎？

「還是快點挑好內衣比較實際。」

或許是這張臉和身材非常優質的關係，總覺得每件內衣都好看，不過看了一下價格，么壽貴的一件都要兩千多。

林綺最後只能忍痛挑兩件，再次覺得當女生不容易。

當她走出來要結帳的時候，看見三上悠也正好結帳完畢。

「嗨，最後妳選了哪幾件？」

「這兩件。那妳呢？」

「這三件。」三上悠比了一下正在包裝的性感內衣。「雖然我胸部不大，但是穿上這樣的內衣就會讓我覺得心情很好。」

「我以為妳要穿給男朋友看呢。」

「哈哈，才不是呢，為什麼內衣要穿給男生看？我們自己穿得開心才是最重要的！」三上悠的話讓林綺如醍醐灌頂，她這是什麼思維，居然還以為女生都是為了男生而梳妝打扮嗎？

「妳等等有沒有空？既然能這樣相遇，感覺也是緣分，要不要一起去吃個什麼呢？」三上悠發出邀請，而林綺想了想，用女生的外表，交個女生的朋友，也是一個特別的經歷。

況且，三上悠著實是個美女，要是順利的話，之後把她介紹給男生的自己，好像也很不錯呢。

嘿嘿，這種自肥的心態讓林綺立刻答應。

「好啊！」

當她答應三上悠的提議時，對方的臉上出現非常漂亮的笑容，並且馬上打開手機搜尋附近的餐廳。

「妳有什麼不吃的嗎？」她一邊問，大拇指一邊快速地在手機螢幕上按著。

「沒有，挑選妳喜歡的吧。」從三上悠身上傳來了好聞的味道，使得林綺有些發暈，她好奇自己身上是不是也有一樣的香味，這香味是女生獨有的嗎？

當她是林齊的時候，身上也會有一樣的香味嗎？還是是臭味呢？

嗯……不過當她靠近羅澤的時候，倒是沒有聞到什麼怪味，反而是一種令她欲罷不能的興奮。

「找到了，泰式料理怎麼樣呢？吃辣嗎？」

「當然，沒問題。」神遊的林綺點了點頭，拿起內衣的提袋，和三上悠一起離開了店家。

兩個人徒步往餐廳的方向走去，一路上一邊和三上悠聊天，一邊得知了對方的情報。

三上悠和自己一樣是大學生，也租屋住在外面，雖然對方詢問了自己家在哪裡，但感覺說出林齊的住所也怪怪的，所以林綺便說了一個地方，三上悠點點頭後說：

「離我家也蠻近的耶，下次要不要來我家玩？」

這樣的提議讓林綺十分興奮，她可沒有真正到過獨居女性的家呢，大多都是約在外面的旅館，或是說帶回自己的租屋。

「好啊！當然沒問題！」所以她立刻答應。

三上悠再次微笑，然後勾起了林綺的手臂，這讓林綺嚇了一跳，但想起來女生們好像很容易會手勾手地走路，這也還算是自然。

不過，自己現在明明是女生的狀態，面對一樣是女性且極具魅力的三上悠，她還是會感覺到臉紅以及有一點小害羞，這又是為什麼？

之前她給自己對羅澤有反應的理由是，因為她的狀態是女生，所以會對男生有感覺或許是正常的。

可是現在自己也是女生啊，對同樣身為女生的三上悠有反應的話，到底是她內心深處是林齊的關係，還是說……其實根本無關性別？是看吸引力？

「到了！就在這裡，這我來吃過，非常好吃喔。」

就在她胡思亂想的時候，已經抵達了餐廳門口，三上悠推開了門，涼爽的冷氣吹來。

「快進來呀。」

算了，何必想這麼多呢，現在先好好吃飯比較重要吧。

「好！」

兩個人一邊點菜，意外地發現口味很合拍，辣度、喜歡的料理方式等，這讓林綺覺得嘖嘖稱奇。

「妳讓我想起一個朋友耶。」三上悠忽然說，她的手撐在下巴。「雖然說很多人會講什麼都吃，可是真正的什麼都吃的人並不多，常常我點這個，對方說太辣，點這個，對方說不喜歡裡面的香料，但是妳不一樣，妳真的什麼都吃，我那個朋友也是一樣，也是什麼都吃。我最喜歡和你們這樣的人一起出去吃飯了！」

看三上悠說話的表情，讓林綺感覺嗅到一絲絲八卦味道，她笑著問：「妳說的那個朋友，該不會是男朋友吧？」

「哈哈，才不是呢，我沒有男朋友。」三上悠喝了一口飲料。「但是的確是個男生。妳呢？」

「我也沒有！」她趕緊否認，自己本身就是男生啊，還要有什麼男朋友呀！

「哈哈，很可疑喔。」三上悠一邊說，一邊把剛才送上來的月亮蝦餅放到林綺的碗中。「看在我們剛才都已經坦誠相見的分上了，稍微聊深入一點，也沒關係吧？」

深入一點？

「嗯……妳沒有男朋友，那有固定的上床對象嗎？」

沒想到是這種層面的深入，這讓林綺差點被甜雞醬嗆到。

「什、什麼！」

「我們來聊聊女人之間的話題呀，我真的很好奇呢。在學校都找不到人可以和我這樣聊。」

「喔……」原來女人之間也會聊這種事情，林綺還以為只有男生會討論呢。

「嗯……我是沒有固定的上床對象啦……」

「什麼？」三上悠的臉色一變。「所以妳都和不同的人嗎？」

「不是啦，應該說我最近才有機會和別人上床……」林綺有點害羞，明明當男生時就能大聲吹噓，為什麼換成女生時，變成這樣子呢？

她又喝了一口飲料，才緩緩說：「最近不小心和一個男生上床了，感覺還不錯，對方似乎想和我保持這樣的關係，還說要和我交往。」

三上悠的眉毛挑起，露出意味深長的微笑。「這樣聽起來不是不錯嗎？妳在猶豫什麼？」

「就感覺怪怪的……那個男的感覺不是會定下來的類型，那為什麼要執著和我上床呢？就算不是我，也有很多女生給他選擇啊。」

「嗯……有時候就是一種感覺，我覺得與其要去思考背後的意義再去做選擇，不如活在當下。」

「活在當下？」

「嗯！就是現在想做什麼就去做，想幹什麼就去幹！及時行樂！」

「但這樣好像不太……」

「不太踏實嗎？哈哈，難道每一件事情都一定要想到一個結果，才有辦法做嗎？但是妳又怎麼能保證事情一定會走到妳要的結果呢？」

「這話說得也沒錯……所以妳認為，我應該和對方交往看看？」

「這就看妳怎麼想囉。」三上悠把手放到她的腿上，讓林綺有些驚訝，那個位置太接近大腿根部了。

然後她的上身靠向了林綺的耳邊，好聞的氣息吐在她的頸間。「如果和他上床很舒服的話，為什麼不順著自己的心意呢？多上幾次，或許妳就會愛上他。又或許多上幾次，雙方的性趣大減，就這樣自然分開也有可能啊。」

「喔……喔喔。」怎麼回事，三上悠靠得太近了，近到林綺幾乎要起了雞皮疙瘩。

「這樣妳理解嗎？」三上悠忽地往後一退，瞇眼微笑。

「喔……大概。」

嗯，真是奇怪，女生之間的距離還真難拿捏呢。

她們吃完這頓愉快的一餐，在三上悠堅持請客的情況下，林綺只好答應明天再和她約出來，並且回請她。

於是她們互相留下了聯絡方式，三上悠看著手機裡頭出現的林綺聊天視窗，然後很滿意地微笑揮手。「那就這樣啦，掰掰！」

「嗯，很高興認識妳。」

結果今天出來買了內衣，認識了一個新的女孩，還是自己的菜。

不過……這樣是不是表示自己今天還是要以女生的身分度過？

唉……到底什麼時候可以恢復真正的男兒身啊～～

第五章　我的女朋友

林綺夢了一個奇怪的夢。

她很明確地知道此刻正在做夢，因為三上悠就在她的面前。

嗯，正確說起來，是在她的胯下。

林綺的雙腿打開，而三上悠正帶著戲謔的笑容，伸長著舌頭舔舐著她的下半身。

「啊……」林綺發出聲音，這是什麼奇怪的感覺。

「妳喜歡嗎？」三上悠問。

「喜、喜……」

她睜開眼睛，發現自己躺在床上，她立刻掀開被子，好在什麼也沒有。

女生還真是方便，就算做了春夢，也不會跟男生一樣夢遺。

但這是怎麼回事？自己現在是女生，對羅澤發情就算了，怎麼連同為女性的三上悠，她也會如此啊！

「我是欲求不滿嗎？」

她搖頭，走到浴室之中盥洗，自己果然還是女孩子。

「這樣今天該怎麼辦呢？」課是沒辦法去上了，但也不能一直都保持女生姿態。

可她也不想隨便找人上床，很噁心呢。難道只能再找羅澤了嗎？

她拿起手機看了一下訊息，羅澤已讀，可是卻沒有回應。

不過林齊的帳號卻有了訊息，而且也是羅澤傳來的。

『你人嘞？今天不用上課？』

『今天欠安，就不去了。』

『笑死。今天就算了，明天一定要到知道吧？』

『怎麼了？』

『明天不是要考試？教授說占百分之五十耶。』

林綺背脊發涼，差點就忘記這最重要的事情！

看來沒辦法拖拖拉拉了，她一定得快點恢復男兒身才行。

所以她馬上切換回林綺的帳號，然後主動傳了訊息給羅澤。

『你人在哪？今天有空嗎？』

羅澤也很快已讀，過了一陣子後回：『在上課，今天要讀書，明天好嗎？』

讀書？林綺以為自己看錯，羅澤這小子居然會講出讀書兩個字？

雖然羅澤成績不怎麼樣，但也不是說他就不讀書，應該說他會念書，但還是考不好。可到底是故意還是單純的笨蛋，這點林齊就沒有探究過。

但是羅澤一直想要一親芳澤的女人現在約他了，他居然還說得出要「讀書」這兩個字，真的太奇怪了！

……還是說那堂考試真的這麼重要，重要到羅澤都認真對待？

林綺趕緊找尋自己上學期當科的成績，不看還好，一看嚇一跳。

「這百分之五十看來真的很重要。」林綺咬著手指，這時候她的手機又來了訊息，是三上悠傳來的。

『嗨，今天有空嗎？要不要一起去喝酒？』

♡

酒吧裡人聲鼎沸，每個人耳鬢廝磨，靠著身體說話。不是夜店那種沒質感的胡亂觸摸，而是更有技巧性的身體接觸。

「來，這杯是妳的酒。」穿著超短褲子的三上悠，上衣不過就是一件黑色內衣外面又套著薄紗，胸部雖然不大，但還是性感十足。

椅。

她把Mojito放到林綺的面前，手指尖還扶著林綺的膝蓋，然後借力躍上了高腳

「謝謝。」想到昨天的夢，讓林綺見到三上悠不由得有些紅了臉。

「我其實第一次見到妳就想說……妳的身材很好耶。」三上悠眼睛上下打量了林綺，她穿著貼身皮褲，寬鬆上衣遮掩不了她的雄偉。

「我也這樣覺得，哈哈哈。」林綺笑了起來，還雙手捧了一下自己的胸部搖晃，這行為讓三上悠爆笑出聲，可一旁的男人們可瞪大眼睛，血脈噴張了。

馬上就有勇者出擊，帶著酒杯過來要搭訕。「小姐，妳們只有兩個人而已嗎？要不……」

「我們今天想兩個人喝，謝謝。」三上悠馬上回頭微笑，連話都不讓對方講完便立刻回絕。

對方的笑容還僵在嘴邊，最後自討沒趣地離開。

「哇，妳好果斷。」林綺忍不住讚嘆。

「男人我懂得很，要是不一秒給他恰到好處的難堪，他們可是會死纏爛打喔！」

「看樣子妳男人經驗豐富囉？」

「呵，我只是了解男人，但男人經驗的話，沒有女人經驗來得多喔。」三上悠似

乎話有玄機。

「喔……這樣喔……我也是女人經驗比較多喔。」不過林綺沒聽出來，只是跟著哈哈大笑。

「妳真的很有趣呢。」三上悠喝了一口酒，紅唇沾到了酒杯上，她用拇指滑過自己的唇，然後看著她。「林綺呀，妳有真心喜歡上一個人過嗎？」

「喜歡？嗯……」林綺也喝了一口酒，真心覺得三上悠渾身都散發著女性的魅力。「好像有……又好像沒有。」

「有時候我會想，到底愛是什麼呢？」三上悠把那杯調酒一口氣喝完，接著又叫了一杯。「妳還要嗎？」

「好，我也一杯。」配合著她的速度，林綺也立刻喊了一杯。

「以前交往的對象都會問，我愛不愛她們，我總想著那很重要嗎？在一起不就好了，床上愉快不就好了？為什麼要執著愛這個字呢？」三上悠又喝了新來的一杯酒。

「我好奇，妳對愛的定義是什麼呢？」

「我也沒深刻想過這問題，但大概就是……想和對方在一起吧？」

「在一起多久？」

「在一起到想分開為止？」林綺說完後大笑了，身為女生的她講這句話，好像就是很正常的，但如果是林齊講的話，就變成渣男似了。

「哈哈，我也是這麼想的，但是女生們似乎不喜歡聽到這樣的話。」

「女生？」林綺這一次可沒忽略了，她喝了酒的耳朵泛紅，臉頰也感受到燥熱，怎麼女孩的身體更容易醉嗎？

「嗯，我的戀愛對象，都是女生。」三上悠說著，那手又摸上了林綺的腿，將上身靠向她，並且在她的耳邊輕聲說：「妳會害怕嗎？」

「害、害怕？」林綺的聲音提高，感覺到她的氣息好熱，還有她身上傳來的香氣，這一切都讓林綺的下半身有些坐立難安。

她不確定女生如果感覺到興奮會有什麼樣的反應，畢竟男生很好懂，就是起立了呀，女生呢？

「嗯，我喜歡女生這件事情。」三上悠往後一退。「我老實說了，我挺喜歡妳的。」

「！」林綺一愣。

「所以要是妳沒有男朋友，或是和男生的經驗也不怎麼樣，要不要試試看和我呢？」三上悠提出了誘人的建議，手指尖滑過了林綺的腿，竟讓她一陣酥麻。

要說林綺沒期待這樣的事情發生就太假了。

否則隔天就有重要考試，她該做的應該是想辦法變回男生，而不是和女生過來喝酒聊天。

昨天的夢境，加上三上悠的確很吸引她，所以她來了。

雖然不知道和女生有沒有辦法變回男生，但至少此刻……她的確是，性慾高漲。

就像是和羅澤一樣。

♡

第五章 我的女朋友

三上悠似乎熟門熟路地領著林綺來到一家旅館前，轉頭問她：「這一間可以嗎？」

「呃，可、可以呀。」不知道為什麼，林綺有點害羞。

雖然不是第一次和女生開房間，但是是第一次用女生的身分和女生開房間呀。

話說回來，兩個女生要怎麼做？

「那我們就進去吧。」三上悠一笑，勾起了林綺的手就往裡頭走去。

「您好，休息嗎？」

「對。」三上悠來到櫃檯邊，林綺注意到櫃檯人員快速地看了她們兩個一眼，眼神並沒有多做評論。

不知道兩個女生來開房間的人多不多？同性婚姻都合法了，應該蠻多的？

不不不，有空想這些有的沒的，不如先搜尋兩個女生怎麼做。

所以她趁著三上悠在領房時，快速拿出手機查詢。

「我的天啊，居然還有示意圖！」她忍不住發出聲音。

眼睛所見的文字好像新世界一樣，跟她所認知男女上床的方式完全不同，這讓林綺忍不住擔心，自己真的有辦法讓三上悠舒服嗎？

「好了，我們走吧。」三上悠過來再次勾住林綺的手，她趕緊把手機關掉螢幕。

一路忐忑不安來到樓上的房間，和女生開房間從來沒有這麼緊張過，林綺吞了一口口水，在關上房門後看著環顧房間的三上悠說：「那個……我是第一次，應該會做不好。」

聽聞這樣的話，三上悠有些驚訝地轉過頭，然後笑了出來。「哈哈，放心，和女生我不是第一次，我會帶領妳。」

「是、是嗎？那就謝謝了……」雖然有點奇怪，但還是先道謝了。

「那……我們先洗澡？」三上悠瞇起眼睛，那模樣媚惑至極。

要是自己是男生身分與三上悠相遇，她大概不會這樣子邀請自己，所以說變成女生，算是有點賺到了？

「好、好啊，妳先洗……」

「什麼呀。哈哈！」三上悠靠了上來，柔軟的手抓住了林綺的腰間。「當然一起洗啦。」

「咦！」那碰觸太過衝擊，導致林綺膝蓋居然有些發軟。

「小心呀。」三上悠整個人撐住了差點跌倒的林綺，兩個人的胸部因此碰在一起。

相較於林綺的柔軟，三上悠的胸顯得小多了，但扣除這點，三上悠還是個散發魅力的女人。

「沒關係吧，反正等等我們都要坦誠相見了，現在當然一起洗啦。」三上悠靠向林綺的耳邊，身上傳來了清香的味道。「當然要先熟悉彼此的身體，等等才好……」

沒說完的話反而令人遐想，林綺嚥了口口水，感覺到自己口乾舌燥的。

這時候三上悠伸手到林綺的胸前，沒有碰觸到她，只是輕輕地滑了過去，就足以讓林綺起了雞皮疙瘩。

三上悠並沒有說話，僅僅只是把手放到林綺衣襬的下緣，就足以讓林綺主動伸長雙手，讓她脫掉她的上衣，露出了裡頭的白色蕾絲胸罩。

「這是我上次幫妳試穿的呢。」三上悠輕聲說著，光是聲音與注視，都讓林綺一陣害羞。

「不要……不要這樣看著我啦。」奇怪了，自己怎麼變成嬌羞的小女孩了。

「害羞什麼，妳有的，我也都有啊。」三上悠一邊說，一邊脫掉了自己的上衣。裡頭穿著的是透明的黑色蕾絲胸罩，若隱若現地看見她立起的尖端。

這讓林綺瞬間面紅耳赤，又不是沒見過女生的裸體，但怎麼會感覺比她看過的任何裸體都還要色情？

三上悠一邊扭著腰，一邊脫掉了自己的短褲，轉身朝浴室走去，成套的黑色丁字褲在挺立的翹臀上，看起來十分誘人。

「快進來啊。」三上悠側頭，對林綺拋了媚眼，婀娜地往浴室走進去。

她還真會誘惑人，說喜歡的是女生，可是卻很懂怎麼誘惑男生。還是說，無論男女，誘惑的方式都是一樣的？

林綺脫掉了自己的衣服，從沒想過有一天裸體出現在女生面前會這麼害羞。

她走到了浴室，三上悠已經放好了洗澡水，而且正在淋浴間沖洗。

沒有猶豫多久，林綺踏入了淋浴間。

三上悠浸濕的長髮貼在光滑的背部，她將林綺拉近自己的身邊，用水沖上她的肌膚，濕熱又溫暖的液體沖刷著她，接著是柔軟的唇貼上她的唇。

女孩與女孩的雙唇交疊，竟然會是如此水潤，她們忘我的親吻著，三上悠的手也摸上了林綺的胸前，拇指貼上了她的乳頭。

「啊！」

她叫了一聲，往後稍微縮了些。

「怎麼了？」三上悠用手將頭髮從上往後撥。「妳害怕嗎？」

「我、我沒有和女生的經驗……我不知道該怎麼做。」

「呵呵，這種事情，妳完全不需要擔心。」

「但是沒有……沒有那根……要怎麼……」林綺講得含蓄，三上悠聽聞後先是一愣，接著大笑起來。

「哈哈哈哈～～」她一邊笑，一邊擠了沐浴乳後搓洗著身體，忽然整個人滑溜溜地靠上了林綺，在她身上磨蹭著。

「女人和女人之間，不需要男人那根，也可以很快樂。」三上悠輕聲細語，那聲音在密閉的淋浴間裡頭迴盪，更顯媚惑。

「什麼女人喜歡男人那根啊，都是一堆狗屎大男人講出來的，我們的高潮，根本不需要靠那個。」三上悠咕溜的手滑過林綺的肌膚，這讓她忍不住呻吟。

「瞧，有哪個男人會這樣幫女人洗澡呢？」她從後方咬了林綺的頸部，使得林綺再次發出聲音。「有哪個男人知道，我們的敏感帶在脖子這呢？」

三上悠用舌頭舔過她的耳垂、耳骨，接著輕咬了一下。「光是這樣，我們就可以濕透了，不是嗎？」

她將手探入林綺的下方，這裡的濕濘，是水嗎？這裡的滑嫩，是沐浴乳嗎？

「我們，根本不需要男人。」三上悠說完，吻上了林綺的嘴，不粗魯也不溫柔，但卻帶著強烈的侵略性。

「啊……」林綺被眼前的女孩弄得雙腳發軟，三上悠關掉了水，然後看著林綺說：「我們去床上吧？」

「嗯……」

兩個女的到底要怎麼做，林綺雖然也還不清楚，但此刻她昏昏沉沉的，只覺得全身癱軟，想把自己的一切都交給三上悠。

♡

「林齊、喂！」

第五章 我的女朋友

「啊？怎樣？」

羅澤一臉不耐，看著林齊回神的臉說：「是怎樣？在做春夢喔？」

「不要亂講，哪有你這麼淫亂。」林齊對羅澤翻了白眼，環顧了一下四周，每個人都難得地陷入了讀書的氣氛之中。

「升大學後，很難得看到大家這麼認真念書。」林齊說著，周邊的人為了這一次的考試看起來是卯足全力。

「拜託，百分之五十耶，當然重要。」羅澤邊笑邊翻著書，看起來意興闌珊，甚至還打了哈欠。

「那我看你好像沒有很在乎，是怎樣，已經念完了嗎？」

「不是，我昨天和一個女的玩得太晚，很累。」羅澤說完又打了哈欠。

「和一個女的玩？」林齊重複，不自覺有點生氣。

「對，胸部很大。」羅澤露出回味的表情，只差沒流口水。

「我還以為你定下來了耶？」

「定下來？」羅澤挑眉。「誰說的？」

「誰……」林齊停頓下來，羅澤是對林綺說的，不是對自己說的，況且……他不是本來就知道羅澤只是為了想上床才說那個謊言？他又何必在意。

「我只是想說你之前不是在找一個女生。」

「喔，找到了啊。」羅澤也輕描淡寫，沒有多說。

林齊覺得非常不愉快，雖然羅澤要是認真了也很麻煩，畢竟林綺就是林齊，但是實際上聽到羅澤的話，還是讓林齊非常的……難過？

這是難過的情緒嗎？他為什麼要難過？

用力甩開這樣的念頭，林齊聳肩，決定把專注力放回自己的課本上。

「你現在看那些也沒有用了，這個教授又不考課本的東西，考的是平常上課有講到的，你忘了？」

「我平常上課也沒什麼認真，看點課本總是有幫助。」林齊沒好氣地回。

「怎麼了？你吃炸藥？」羅澤挑眉。

「沒有，我只是要專心念書。」講出這種像是高中時代才會說出的話，連林齊自己都覺得有點可笑。

「喔～～是喔。」羅澤掛著奇怪的笑容，拿出手機。

林齊雖然眼睛在課本上，但是一個字都讀不進去，甚至想要偷瞄羅澤手機螢幕在做什麼，又在敲哪個野女人了……等一下，野女人？

自己怎麼會浮現野女人這三個字啦！

親吻、擁抱，
直到男女通吃！

不過，他口袋的手機卻傳來振動，林齊拿出來看，是來自羅澤的訊息。他嚇了一跳，因為羅澤敲的是林綺。

林齊心虛地偷看了羅澤一眼，但是他的注意力在手機上面，並沒有往林齊這看。所以林齊拿著手機，離開了教室，走到外面後才拿出手機偷看。

『妳在做什麼？』

羅澤居然也會傳這麼無聊的訊息，但林齊的嘴角卻揚起笑意。

不過想到剛才羅澤所說，昨天還在跟一個女生纏綿，這讓林齊收回了嘴角的笑容。

『沒幹麼。』

然後這樣回應。

回到教室後，林齊擺著一張臉，但卻看見羅澤盯著螢幕笑個不停。然後看見林齊後，那表情也十分耐人尋味。

「怎麼了？」

「沒什麼，你看。」羅澤把螢幕轉給林齊看，居然是跟林綺的聊天視窗，這讓林齊的心臟跳了好大一下，因為心虛而閃開眼神。

「怎、怎樣？」

「沒啊，你不覺得她好像在生氣嗎？」

「她生氣你還笑？」

「就覺得很好笑。」羅澤聳肩，沒有回覆林綺的訊息，這讓林齊更生氣。

忽然可以理解，那些被羅澤睡過一次後便不再被理會的女人的心情了。

♡

這堂考試意外的林齊沒有被情緒干擾，某方面來說可能考得還不錯，這讓林齊的心情變得比較好。

下課後，他和羅澤來到便利商店外的椅子上吃午餐，聊著剛才的考試，又聊到未來畢業後該做些什麼。

「我打算畢業後繼續留在這裡，但是租屋也不便宜。我爸媽說畢業後就不會資助我房租了，所以～～」羅澤說完後聳肩，看起來點無奈，但也不是很煩惱的模樣。

「所以說啦！我是這樣想的～～」

羅澤看向林齊道：「反正你也說過之後會一直租屋，與其現在我們都租小套房，不如之後一起租大一點的房子怎麼樣？有客廳、有廚房的那種，覺得我的提議怎樣呢？」

「這好像不……」林齊原先興致勃勃想答應這個好主意，但說到一半忽然覺得有點不對，也說不上是哪裡不對，就是感覺……好像有點不好意思？

「怎麼了？」羅澤問。

「喔……我考慮一下。」

「考慮？」羅澤身手勾住林齊的脖子，把他往自己的胸口塞，另一隻手握拳鑽著他的頭頂。「我是你最要好的朋友，你還要考慮什麼？這麼好的機會欸！」

等等等等一下！羅澤怎麼會這樣抱著自己？

不不不，這並不是抱啊！以前兩個人也很常這樣打鬧不是嗎！

怎麼現在會變成這樣，還這麼害羞？

而且最重要的是，現在林齊是男生，怎麼還會對羅澤有這樣害羞的念頭！

「哎呀！」林齊怪叫，然後大力甩開羅澤。

「你幹什麼？反應這麼大？」羅澤覺得奇怪。

「沒、沒什麼。」林齊趕緊深吸一口氣，轉移話題。「我是昨天和一個女的弄得太累，所以肌肉有點痛，現在碰不得。」

「喔？這麼巧？我昨天也跟一個女的玩。」羅澤挑眉，將泡麵蓋子打開，香氣四溢。「不來分享一下？」

「喔，分享……」林齊想了想，應該也沒有關係吧，不可能這麼巧羅澤也跟三上悠睡過吧？

三上悠說自己不喜歡男生，所以應該是不會。

「我和一個新認識的女生，那頭又長又黑的頭髮非常漂亮……」

林齊邊說，邊回想起昨晚的事情。

當三上悠那柔順的黑色長髮灑落在白皙的肌膚上時，當粉色的蒂頭於髮絲間若隱若現時，當那小巧的嘴裡粉嫩的舌於她的下身鑽動時。

林齊從來沒有想過，原來女性間的性愛，能夠這麼舒服。

「就說了，不需要男人，女人之間，也可以很快樂。」

三上悠紅潤的臉頰，魅惑的雙眼，歷歷在目。

再次重申，不是第一次和女人上床，但是是第一次用女人的身分和女人上床。

林綺簡直打開了新世界，原來不需要插入，也能達到高潮。

三上悠如同她所說的一樣，和女人的經驗很足夠，她一根手指、一條舌頭，總是能精準地落點在林綺會舒服的位置。

她還真的不知道，原來女人的敏感點這麼多，她甚至在事後還檢討著，自己和女人上床時，曾經觸碰過那些地方嗎？

三上悠細長的手指輕輕撫摸著林綺的胸，滑過幾次，就是不碰觸那豎立起的小點，這使得她心癢難耐，忍不住發出呻吟。

她不急著把手指插入林綺的下身，而是輕柔地撫摸過她的全身，花了相當多的時間親吻著她的唇，肩膀、脖子以及背部。

那香甜又柔軟的碰觸，使得林綺不斷拱起了腰，身體顫抖，發出呻吟。

「很舒服嗎？」三上悠在她耳朵邊說著，靈巧的小舌還舔過了她的耳骨，輕咬了她的耳垂。

「嗯……嗯……」林綺一邊呻吟，覺得下體濕成了一片。「我也想……讓妳舒服。」

「呵。」三上悠一笑，張嘴咬住了她的唇，輕輕舔舐著，然後再次深入舌頭親吻。「看到妳這樣，我就覺得很舒服了。」

三上悠將自己的胸部往林綺的胸上貼緊，使得豆子之間相互摩擦，引來了另一種快感。

「我的胸部並不大，真羨慕妳呀。」三上悠前後輕輕擺動著，林綺的胸部也劇烈擺動。「這個景象真美呀。」

「妳、妳講話都好令人……」

「令人怎樣？」三上悠露出玩味的笑容。

「令人害臊……」沒想到自己竟然會說出這樣的話，林綺遮住了紅成一片的臉，怎麼會比跟男人還要害羞啊！

「呵呵。」三上悠又笑了一聲，伸手撥了頭髮，舌尖舔上了那更為敏感的粉紅。「妳真可愛。」

最後，三上悠用手指頭讓林綺與自己達到了高潮，玩事後兩個人又親吻了幾回。

「我先去洗澡。」三上悠起身。「要一起嗎？」

「不、不了。」林綺立刻搖頭，感覺身體高潮後有一點奇怪，似乎快要變回男生了，她必須避開三上悠才行。

「那好吧，等我喔。」三上悠巧笑，裸著身體進去了浴室。

等待水花聲落下，林綺立刻穿好衣服，拿起自己的包包，對著浴室喊：「我家裡有急事，我先走了，那個，錢我放在桌上！」

「錢？不用錢，是我邀請妳的。」三上悠從裡頭喊：「我再聯絡妳～～」

「那怎麼行！還是……」餘音未落，她感受到心臟一陣強擊，接著是暈眩。糟糕，要變回男生了。

「好、好，我先走了！」林綺趕緊喊。

「下次見～～」而三上悠似乎正走出乾濕分離的淋浴間，準備打開浴室門。

在三上悠打開門之前，林綺已經逃出了房間，她急急忙忙地跑出了旅館，來到路邊的巷子裡頭，與此同時，她的身體也發生了變化，就在這瞬間撐大，變回了男性。

「這還真是……噁心啊……」林齊看著自己男性的軀幹穿著女性的衣服，要是被誰瞧見了這模樣，還不報警啊。

好在他原本就對今天會發生的事情有底，所以在包包裡準備好了男人的衣服，他換上了寬鬆的短褲與T恤，將林綺的內衣褲和衣服全部塞到包包裡頭，並且換上了脫鞋，手裡拎著林綺的高跟鞋。

「要是每次這樣變身都得帶兩件衣服，那還真是麻煩……」說到這，林齊立刻搖頭。

「不不不，最好就是不要有下一次了！」

不過，他忽然意識到一件事情，剛才和三上悠的性愛並沒有插入的動作，也就是說，只要能到達高潮，那就可以了。

竟然他已經透過三上悠知道如何撫摸自己才會舒服的話，那或許下次變成女生，他也能靠自己的力量，變回男生了。

一想到這裡，林齊對未來也就稍微踏實了些。

♡

「所以嘞，那個黑髮妹子很讚嗎？」羅澤大口喝起飲料。「很讚的話，介紹一下啊。」

「我才不要嘞，她又不喜歡男的。」

「不喜歡男的？那你可以幹到她？」羅澤皺眉。

糟了，說錯話了。

「咳，我是說，她不喜歡你這種男的，而且是我的對象欸，你想做什麼！」

「哈哈哈，問問罷了。」羅澤又笑了幾聲。「我這禮拜想約上次那個女的……對了，她叫做林綺，跟你的名字很像耶，長相好像也有點像，該不會是你的親戚吧。」

林齊的心臟劇烈一跳，都抽痛了。「才不是親戚，只是剛好，而且我們也長得不像。」

「我只是說說，這麼強力否認喔。」羅澤聳肩。

「我也只是說說，哪有強力否認。」林齊收斂了聲音，趕緊也喝口水。「所以你剛才說這禮拜要約她幹什麼？」

「我有兩張海生館的門票，想約她去看。」

聽到羅澤這麼說，林齊有點開心。

「喔……我以為你對她沒有興趣了。」他裝做毫不在意。

「哪可能沒興趣，興趣大的呢。」羅澤呵了一聲。

「但你說昨天還跟別的女人玩。」

「玩是一回事，興趣是一回事啊。」羅澤說出渣男宣言。「反正林綺又沒答應要跟我交往，所以現在還是自由的狀態吧。」

「算了，反正你本來就是沒有節操的類型。」林齊還期待羅澤什麼呢，反正要是他認真起來也麻煩，不如就當炮友吧。

等等……炮友？

這不是很奇怪嗎？

俊男把他弄成男女身體變異的體質，不就是要他找尋到自己的真愛嗎？

然而他若用女人的身分只和羅澤上床，那不是很奇怪？況且，上床是真愛嗎？

還是說，是要用女人的身分找到三上悠，讓林齊和三上悠戀愛？可是三上悠又不喜歡男人。

這讓林齊糊塗了，他是不是應該放寬眼界，找其他男……不對，他應該要先用男人的身分接近三上悠才對。

這樣子，才是最正常的吧。

第六章 我們約會吧

『小悠，我有一個很要好的異性朋友，有空的話要不要一起吃飯呢？』

林齊只思考了不到幾秒，就把訊息發送出去，不過三上悠還沒有已讀，林齊焦慮地拿著手機來回走動著，等著三上悠的回應。

「你在做什麼？」羅澤皺眉。

「喔，沒有。」

「那就坐著，走來走去幹麼？」羅澤踢了一下椅子，林齊抓了抓頭後坐下。

「所以呢？」

「什麼所以？」

「畢業後一起租屋的事情啊，考慮得怎樣？」

「喔，我不要。」林齊秒拒絕。

「你自己算一下，不要打腫臉充胖子欸，那個開銷可不得了。」羅澤把手機螢幕遞給他看。「你瞧，有廚房有客廳交通也方便的套房，在臺北好一點的都要快兩萬，新鮮人給你個三萬五好了，付掉水電房租和吃飯生活費，你一個人住是要存什麼錢？一起租一間正常的房子都還更划算。」

「呃，我當然知道，我可以找別人合租啊。」

羅澤翻白眼。「你對我是有什麼不滿意嗎？不跟我一起租要找別人？」

「不、不是不滿意。」怎麼能說是看見羅澤會興奮……應該是說害羞……也不對，反正就是跟羅澤在一起會怪不自在的啦。

「那是為什麼？」羅澤表情認真的問。

林齊快速思考比較可行的解答，最後說：「因為你女性關係太亂，每天帶不同女生回來或是之後女生要來找你麻煩，這樣我會很困擾。」

嗯，合情合理。

「哈哈哈哈，放心，出社會後大概也沒時間沒體力這樣玩了。」羅澤眨眼。「反正，我會尊重室友的，要搞會去外面搞，不會帶回租屋。這樣就可以了吧？」

「喔……」

「那就這麼說定了，出社會後一起租屋。」就這樣莫名的和羅澤定下這個約定。

算了，反正距離畢業也還有一年，不可能一年後自己還在變男變女變變變吧？那時候一定所有事情都解決了，連帶對羅澤奇怪的心情也會結束吧。

第六章 我們約會吧

「好吧。」所以林齊就答應了。

「那我要去上課了，你下午和我不同堂吧。」

「我這堂空，下堂才有，你去吧。」林齊擺擺手，羅澤點個頭後就離開了。

手機傳來振動，林齊立刻低頭，來自三上悠。

『好啊，約什麼時候？』

『就今天晚上吧。』

『沒問題，晚點見。』

OK，今天的目的，就是把林齊這個人介紹給三上悠認識，然後讓林齊跟三上悠有好的發展，互相戀愛後，這樣子就不會再變成林綺了！

……等等，俊男說只要找到真愛就不會再變，但是怎麼樣定義找到真愛？

看樣子，得找一天去天使酒吧問得詳細點才是。

♡

夜裡霓虹閃爍，都市的夜晚總是比白天更熱鬧與迷人。

林齊與三上悠約定的地方是餐酒館，他早早就入坐，算好了時間後，傳了訊息給三上悠：『抱歉，我拉肚子沒辦法過去，我朋友又說他已經到了，如果妳不方便單獨和他吃飯的話，爽約他也沒關係。』

很好，這樣的訊息十分完美，既說明了林綺因為不可抗拒之因素無法前往，又給了壓力說對方已經到，但是也給女方臺階選擇。

而且這個時間，通常也都已經出門了，看到這樣的訊息一般來說就會想算了，就自行前往吧。

『那妳好好休息耶，我現在已經快到了。沒關係，我還是會和你朋友見面的，那我們下次再約。』

賓果！

林齊忍不住握拳yes，一切如同計畫進行。

過不到五分鐘，門口傳來了風鈴聲音，穿著黑色緊身背心與牛仔緊身褲的三上悠出現，一頭漆黑的長髮襯托她白皙的肌膚，她張望著找人，而林齊也不好主動要她過來，畢竟依照人設來講，現在的林齊是不認識三上悠的。

好在服務生馬上過去詢問，接著把三上悠帶過來了這一桌。

「啊，妳一定就是林綺的朋友了，初次見面妳好。」他演練過好幾遍的問候語，想必完美無暇。

不過三上悠的嘴角似乎抽動了一下，然後把頭髮勾到耳後。「你好，我是三上悠。」

「坐，請坐。」林齊立刻招呼。「林綺臨時不能來了，妳會不會有點尷尬。」

「還好，反正我也喜歡交朋友。」三上悠挑眉。「你騎車還是搭車？」

「搭車過來。」

「那我們可以點酒囉？不然都來到餐酒館了，不點酒說不過去。」

「那當然。」事情發展的比林齊想像得還要順利，又或著是三上悠是個建談的女生，當一個話題結束後，她總是可以找到新的話題延續下去。

好像他們是認識很久的朋友一樣，一點尷尬感也沒有，反而相談甚歡，幾杯酒下肚後，兩個人的臉也逐漸紅起，因為酒精的催化，使得兩個人更沒有距離。

結束晚餐後，林齊在店門口詢問了三上悠的號碼。

「嗯～～林綺是不是想把我們湊成一對呢？」沒想到三上悠會直接問出這句。

「呃……應該沒有，只是想說可以認識一下……」

「哈哈，你不用說這麼拙劣的謊言，我更喜歡直接一點的人喔。」三上悠笑著，那模樣依舊充滿魅力。

「……對，因為我對妳很有興趣，所以才請林綺介紹。」

三上悠瞇起眼睛，嘴角揚起微笑。「是興趣……還是性趣？」

「我、我只想先認識妳，沒有想到那麼齷齪的……」

「哈哈哈，忠於自己的慾望也沒什麼不對啊，有興趣就會有性趣，這是很自然的。」三上悠甩了一下頭髮。「那你要試試看嗎？」

「試試看……什麼？」

三上悠舔舐了一下嘴唇。「試吃看看。」

能有這樣快速的進展，林齊當然很高興，但是……要是三上悠看見自己的小東西失望了怎麼辦？

況且三上悠之前說她比較喜歡女人，可是卻能對初次見面的林齊發出邀約，這讓林齊覺得有點……小小沮喪。

但換個方向想，他又要沮喪什麼，反正林綺是終將消失的角色，要是她獲得了愛情，那該怎麼辦？

「如何呢？要不要呢？」三上悠又問了一次。

林齊陷入了天人交戰，到底是要，還是不要呢？

♡

第六章 我們約會吧

浴室的水流聲嘩啦嘩啦，只穿著內褲的林齊坐在床上，感覺自己的心臟都要跳出來，他沒想到會再次用男生的身分，和三上悠來到同一間旅館。

「唉唷，怎麼辦怎麼辦。」他站起來在床前來回走著，單手握著自己的小分身。

「等等不要讓我丟臉啊！不過你就這麼小……我要怎麼要求你啊……是我的錯……」林齊陷入了過往的陰影。

這時候腦中不知道怎麼的，浮現了羅澤的臉，還有他的那根巨蟒。

捫心自問，當自己是林綺的時候，若有羅澤跟林齊在面前，她會選誰？

喔，一定是大鵬哥羅澤啊！

「這時候想起這個做什麼……」身為男人想起另一個男人，怎麼說都太過詭異。

但說到這……林齊點開了手機訊息，看見羅澤傳給林綺的訊息，關於約會的邀約。

『林綺～～週末有空嗎？我這邊有海生館的票，一起去吧。』

如果是邀約上床的話，林齊或許還不覺得奇怪，嗯……雖然也是很奇怪，但至少比較單純。

可是如果要約會的話，這就不一樣了，這到底……該不該答應？

「怎麼了？在看什麼？」

「沒有，我只是……」

再一次看見三上悠圍著浴巾走出來的模樣，還是讓林齊看傻了眼。那白皙的肌膚配上濕漉漉的烏黑秀髮，宛如滴出血的紅唇，活脫脫就是現代版的白雪公主。

「呵呵，你是看我看入迷了嗎？這樣的話，我會很高興喔。」三上悠一邊說著，一邊咬了嘴唇。

「這……妳好美呀。」林齊只能說出這種聽起來超級無腦的稱讚。

「我知道。」但是三上悠欣然接受，對於男人稱讚的功力，她從來就沒太期待。

兩個人面面相覷，陷入了小小的尷尬，三上悠似乎在等待著林齊的動作，但林齊因為過於緊張，不知道該從何下手。

「如果你不來的話，那我來了喔？」三上悠笑了一聲，雙手放到林齊的肩膀上。

「啊，我可以……」

話都沒說完，林齊已經被三上悠往後一推，往床上倒去。

蓬鬆柔軟的床將林齊包圍，而三上悠解開了自己的浴巾，一絲不掛地站在他的面前，毫不害羞。

接著她爬上了床，雙膝跪在林齊的腰間兩側，下體的兩瓣看得清楚，那粉嫩的肌膚展露無遺。

「哇……」林齊再次性慾高漲，小小林齊也昂首起來。

不過，即便昂首，也還是小林齊。

「摸我啊。」三上悠舔著嘴唇，而林齊才這伸起顫抖的手，放到了三上悠的胸部上。

「哈哈，男人第一個地方，果然都會摸胸部耶。」三上悠大笑，一屁股坐到了林齊的下體，使得小林齊妥妥地隔著內褲，貼在三上悠的陰部。

「我、我我我，我很小的。」或許是慌了手腳，又或是陰影太大，林齊居然下意識這麼說。

因為他怕三上悠失望，也怕三上悠露出嫌惡的表情。

「哈哈哈。」但三上悠爆笑出聲，開始扭動腰間摩擦著。「不會啊，我覺得剛好。」

這句話讓林齊瞬間理智斷裂，他立刻坐起身，一手攬住三上悠的腰，另一手則揉捏她的胸，然後吻上她的唇。

無論身為男人還是女人，三上悠的嘴總是那麼甜，她到底是有什麼魔力，讓林綺與林齊都如此慾火焚身。

或許，這才是愛情？無論自己身為男還是女，都會對同一個人感到動心？

「嗯……」三上悠發出了呻吟，這使得林齊更加興奮，他讓三上悠覺得舒服了嗎？

於是他反身，將三上悠壓在了自己身下，他還記得三上悠說過的，女人敏感的地方其實是脖子與肩膀，親吻那裡，比碰其他地方更有感覺。

所以林齊俯身，親吻了她的肩膀。

「啊……」

「轉過去，背對著我。」他感覺到自己呼吸急促，下體也忍得快要爆炸一樣。

但是他要沉住氣，慢慢來，讓三上悠舒服才行。

三上悠轉過了身，零瑕疵的美背呈現在他面前，身為林綺的時候，好像沒有這樣清楚地看著她的身體。

他親吻了三上悠的脖子，她發出了輕輕的呻吟，然後用舌尖舔過她的耳朵，指尖也不忘輕撫著她的背。

他當過女人，所以知道怎樣的觸摸舒服，知道怎麼樣的碰觸會讓自己搔癢難耐，他很清楚該怎麼做。

林齊耐心地親吻每寸肌膚，舌尖滑過所有地方，唯獨避開了乳頭以及陰部這些男人總是會直接進攻的地方。

光是如此的碰觸，三上悠就已經濕到不行。再配合著適度的親吻、舌吻、深吻交錯，更令三上悠意亂情迷。

「好了，快點進來吧。」三上悠哀求，林齊抬起她的腿，就這樣進入了三上悠的體內。

三上悠瞪大眼睛，雙腿顫抖，連口水都快要流出。「啊……好棒……」她的反應不像是在演戲，下面氾濫一片，讓林齊十分有成就感，他從來沒有讓女性這樣子過。

他和三上悠，真的是命中註定的吧！

♡

度過了愉快的春宵，原本林齊還想要來第二次，但是他顧慮自己會不會變回林綺，可又不想讓三上悠覺得自己是個完事就急著走的男人。

「我明天有個報告，所以現在必須得回去了。」

好在三上悠率先這麼說，她起身穿好衣服，又湊上林齊的唇邊。「和你做很舒服，下次再約吧。」

「啊！等等。」林齊不想就這樣結束，他拉住三上悠的手。「我們下次……一起去看電影好嗎？」

「……」三上悠停頓了一下。「這是約會邀請嗎？」

「呃……算是。」

她笑彎眼。「好啊，我們再約。」

就這樣，他們定下了約會時間，三上悠拿好自己的東西離開了房間。

等到三上悠離開後，林齊從床上起身，走去浴室準備沖澡，熱水灑在自己的身上，他感受到心跳的劇烈。

「啊……又來……」

瞬間，她又變成了林綺，清楚的看見自己原本平坦的胸膛彈出了兩陀脂肪。

這樣下去也不是辦法，她已經找到了三上悠，應該變男變女的法術要消失了才對。

看樣子，又得去天使酒吧找一次傻男了。

♡

她現在已經大概抓到女生的打扮方式了，所以變回林綺後，她拿出了原本放在包包裡預備的女生衣物，短褲、T恤和涼鞋，穿著越是簡單越好。

接著她看了一下時間，天使酒吧也開門了，事不宜遲，立刻就離開房間，叫了計程車前往天使酒吧。

無論何時過來，這裡總是人聲鼎沸，不知道是帥氣的邱比特吸引了人類，還是說他們的催情藥，又或是真的酒比較好喝的關係，人潮總是絡繹不絕。

林綺走到了吧檯，馬上有幾個男人過來搭訕，從女人的眼光看來，這些男的還真討厭，想想自己身為林齊的時候，好像也做過類似的事情。

打發完了這些男人，她在吧檯張望，很快見到了俊男。

「俊男！」她用力揮手。

「！」俊男見到她瞪大眼睛，一副妳怎麼又跑過來了的模樣。

「我有話想要跟你說！」

「我沒有話想說。」俊男微笑，繼續整理著酒杯。

「你確定？確定？」林綺放大音量。「要確定喔！」

「……吼！我真的是惹上麻煩！」俊男脫下了圍裙，對一旁的同事說了幾句，然後走出了吧檯，對林綺使了眼神，往後門的方向去。

這裡上次林綺也來過，一走出安全門，俊男立刻雙手叉腰。「這麼多人之中，只有妳會一直這樣跑過來，到底是有什麼問題啊？」

「這麼多人？」林綺皺眉。「你還有把其他人變男變女？」

「怎麼可能！」俊男秒否認。「這種事情可不能常做，會引起混亂的，一個不小心我還會被革職。」

「既然這麼嚴重！你為什麼要這樣對我啦！」

「欸，妳用不同性別的身體享受到性愛的快感，還好意思跟我生氣喔。」

林綺啞口無言，因為俊男說的也是真的。

「我、我就是要問這個，我終於找到無論我是男是女都很舒服的對象，你不是說性是愛的一種嗎？那這樣子不就表示，我遇到真愛了嗎？」

「是男是女都很舒服的對象？所以妳的意思是……妳和同性別的上床？」俊男揚起眉毛。

「是、是啊……我也不知道，就那樣了。」

「喔？是女女還男男？」俊男的興趣都被激起了。

第六章　我們約會吧

「這很重要嗎！反正就、就是那樣啊！」

「對我來說很重要啊，我可以寫成參考數據～～」

「我才不要當你的數據！況且，如果不能隨便把我們改變性別，那你也沒辦法寫成報告吧？」

「反正我自己有辦法啦！」但是俊男忽然眉頭一皺。「不過，妳這段時間都只跟同一個人上床嗎？」

猛然地他想起了羅澤，忽然結巴。「這、這很重要嗎？」

「也不是很重要，不過……」俊男聳肩。「算了，反正呢，妳覺得和對方適合那是妳的覺得，也要對方覺得妳ＯＫ，那才有可能發展愛情，現階段妳頭上的數字還是零，所以不算找到真愛。」

「那、那我的人生怎麼辦？我總不能每次都找她做愛變成男變成女吧！而且這樣想要來第二次也沒辦法啊！你不是說還有時間可以第二次？」

「我不是說了大概嗎？」俊男蠻不在乎。「話說回來，妳是要用女生的身分追她，還是男生的身分？」

「當然是男生啊！廢話！」

「對方既然在妳男跟女的時候都可以，那她是知道都是同一個妳嗎？」俊男大驚。「妳可不要亂說出去知道嗎！」

「我沒有說啦，她也不知道我們是同一個人……」

「那就好，不過既然這樣的話，那她到底比較喜歡男生的妳，還是女生的妳？」

俊男的話讓林綺愣住，三上悠說過，她喜歡女生更多，可是她也願意和身為男生的自己上床。

有沒有可能，無論是林齊還是林綺，對三上悠來說都不算什麼？都只是炮友罷了？

林綺如此煩惱，相對的俊男只是聳聳肩。「變男變女，有助於讓妳拋棄性別刻板，去找尋真實靈魂相愛的對象，同時還能讓妳感受到性別不同時對愛情、肌膚的渴望，這可不是人人都有的機會啊。」

「說得這麼冠冕堂皇的……」

俊男的手搭上了林綺的肩膀，搖著頭對她說：「拋下一切吧，不要覺得自己應該要是男生又或著應該要是女生，不要被這個性別的枷鎖給框列住了。妳應該要放寬心胸去接納一切，然後才能看見真正該看的。」

「真正該看的是什麼？」

「就是妳的內心啊，妳不能因為性與某個人契合就覺得那是真愛，雖然性愛不可分離，但那並不是發現愛的捷徑。」俊男鬆開林綺的肩膀，兩手一攤。「我就給妳最後的提點吧，和他們約會看看，除了肉體的撞擊外，也感受一下靈魂的撞擊。」

「約會……」

「當妳真的感受到真愛的時候，妳會知道的。」

「那詛咒就會解除了嗎？」

「居然說我的恩典是詛咒……對，當妳發現真愛的時候，就會解除了～～」俊男瞇起眼睛。「相對的，如果妳一直沒辦法找到真愛，就會一直這樣喔，變男變女變變變。」

想到如此，林綺就打了冷顫。

「等一下，我還有一個問題要問。」

「妳的問題還真多。」

「如果要跟人家做愛才會變成另一個性別的話……那我第一次變身時，並沒有跟人家上床啊。」

「……？」

俊男一臉疑惑，擺明聽不太懂她的意思，林綺嘆氣又說一次：「第一次變身的時候，我連衣服都還沒脫光，就變身了。」

「……那時候是什麼狀況？聽到什麼聲音還是看到什麼嗎？」俊男皺了眉頭。

林綺記得，當時小青去洗澡，她聽見了隔壁房間羅澤他們傳來的聲音，撞得那個女的哀哀叫，讓林綺也忍不住先自慰了一番。

「我自慰了。」

「自慰不可能會變身。」

「對，因為我後來也自慰過，也沒有變身。」

「那妳為什麼當時會自慰？」

「我和一個女的開房間，然後聽見隔壁的聲音……」

「隔壁的人妳認識嗎？」

「認識啊……隔音不好，我可不是偷聽的那種變態，而且我也怕早洩……」

「哈哈哈哈哈哈！」俊男忽然大笑起來。「妳聽見隔壁的聲音，所以自慰了，然後第一次變身？」

「欸，對，但是……」

「哈哈哈哈哈！」俊男又笑了，這一次笑到眼淚都流出來了，單手扶住了一邊的牆壁。

「笑屁啊！」林綺忍不住喊。

「抱歉抱歉。」俊男止住了笑，雙手叉腰站直了身體。「原來是這樣啊！」

「什麼？」

「有時候靈魂會先自己找到，但是當事人不知道喔。」

「啥？」

「妳自己去體會吧，別再來煩我了～～我想妳就快解除這所謂的詛咒了。」俊男打開了安全門。

「等一下！我聽不懂啊！」林綺趕緊抓住俊男。

而他回頭一笑。「妳想明白，就記得多多約會，知道吧？」

接著安全門關上，留下林綺一個人在原地。

「有聽沒有懂……」

♡

雖然聽不懂俊男的話，但是至少聽進去了那句「多多約會」。

但是約會，應該是跟三上悠約會沒錯吧？

那為什麼現在自己會跟羅澤在海生館呢？

「林綺，在想什麼？」羅澤微笑。

嗯，真是個迷呢。

今天的天氣很好，完全就是個出遊的好天氣。原先她是想要拒絕的，畢竟林綺和羅澤發展順利也沒什麼好開心的，應該要說，完全不可能發展順利啊！

自己可是男生耶，怎麼可能用女生的身分和羅澤在一起，自己的人生不用過了嗎？

明明是這麼想的，但還是和羅澤出來了。

「沒想什麼。」林綺趕緊扭開瓶蓋，大口喝了飲料，結果因為太急而嗆到，猛然噴了一些液體出來，並且狂咳。

「哈哈，妳在做什麼？」羅澤從口袋拿出了手帕，輕柔地擦拭著林綺的嘴邊，一路沿著下巴滑到了頸部。

飲料的液體也灑了一些在胸前，林綺以為羅澤會伸手按壓順便吃豆腐，但沒想到羅澤卻把手帕交給了她，然後輕輕一笑。「要小心一點。」

怎麼回事，明明平常只靠下半身思考，為何這時候這麼溫柔？明明平常在林齊面前總是說哪個女的臉多正奶多大多想揉，怎麼現在卻這麼紳士？

林綺還真是搞糊塗了，難道是在女人面前有另一面嗎？

「謝謝。」林綺輕輕道謝，接過羅澤的手帕，自己擦拭著。

她偷偷看了羅澤一眼，不知道是不是身為女生所以眼睛有濾鏡，羅澤看起來十分帥氣。

他穿著簡單的白色上衣，配上了牛仔襯衫，連球鞋都是平時穿去學校的那雙，但今天看起來就是特別不一樣。

「妳喜歡海洋嗎？」

「咦？什麼？」看傻了，連羅澤在和自己說話都沒注意聽。

他輕輕一笑，在海水玻璃反光的映襯之下，看起來格外不同。

「海洋呀，或是裡面的魚類動物，海龜、水母之類。所以妳才會答應和我一起出來。」

「喔……」原來是指這個。「還不錯啦，我什麼動物都喜歡。」

「是這樣嗎？」羅澤的笑容別有深意。「我們去看深海魚類吧。」

他伸手抓起了林綺的手，十指交扣地握入掌心。

「欸……欸！手……」林綺嚇一大跳，心臟怦怦跳的。

「我們是在約會啊，牽手……是基本的！」羅澤說得如此自然，林綺卻羞紅了臉。

明明兩個人都做過比牽手還要親密的事情了，怎麼現在會為了區區的牽手而臉紅心跳。

林綺就這樣讓羅澤牽著自己的手，往深海魚類的方向前進。她發現，路上的女孩在羅澤經過時，無不投來欽羨的目光。

以前用男生的身分站在羅澤身邊時，只會覺得不爽與嫉妒，明明自己應該也不差，怎麼女生就沒有看到自己呢？

但用林綺的身分站在羅澤身邊，甚至是被他牽著手走時，那股從內心油然而生的優越感，還有心動。到底是身為女人獨有的感知，還是林綺對羅澤的想法也改變了？

難道林綺，喜歡上羅澤了嗎？

這不可能吧！

喜歡應該是……無論是林綺還是林齊，都對三上悠有著性慾，有著緊張與害羞才是。

林綺對羅澤有，但是林齊呢？

「聽過一個笑話嗎？」

「什麼笑話？」

「鯨魚游到了深海，說了一句話。」

「？」

「壓力好大。」

林綺瞪大眼睛，這麼無聊的冷笑話，羅澤居然會說。

而正是因為與平時的羅澤反差太大，林綺忍不住大笑起來。「哈哈哈，好爛喔。」

「但是妳笑得很開心啊。」羅澤也笑了，他牽著林綺的手不曾放開，走路時也配合著她的腳步，小心翼翼地護著她一樣。

這種被照顧的感覺，是從來沒有體會過的。

當他們逛完了海生館後，時間也來到了下午四點多，林綺想著，依照羅澤的慣性，等等一定會說要去旅館吧？

又要和羅澤上床嗎？用女人的身體和男人上床，讓林綺覺得有點可怕。

因為太舒服了，舒服得讓林綺彷彿都失去自我一樣。

「要不要去吃點什麼？下午茶還是晚餐？妳會餓嗎？」

嗯嗯，大概是先吃完東西再開幹吧，一定是這樣。

既然如此，還是不要吃太多比較好，以免消化不良。

「如果妳不排斥義大利麵之類的，要不要去附近有一家很不錯的店？」不過林綺還沒回答，羅澤已經找出了餐廳的圖片給她看。

「喔，好啊。」

在前往餐廳的路上，林綺還用手機搜尋了一下，那間餐廳附近正好有一間旅館，看樣子羅澤是想要吃完飯後直接過去，所以說不錯的餐廳只是藉口，重點還是要上床吧。

但不得不說，那家餐廳可不是隨隨便便的餐廳，是能夠看到海景的景觀餐廳，而且羅澤居然還有訂位，裡頭清一色都是情侶，擺明就是約會聖地。

「這……」

「不要以為它只是普通的約會餐廳，東西也非常好吃喔，我推薦pizza。」羅澤一邊為林綺介紹餐點，一邊幫她倒水，服務得無微不至。

pizza？那不是還要等烤的時間嗎？這樣不就會拖到旅館開房的時間？

可是看起好像真的很好吃……

「那就……點你推薦的吧，我吃什麼都好。」林綺說著，一面想附近這麼多情侶，那間旅館會不會滿人呀？

「好，那就pizza跟焗烤吧！」羅澤開心笑著，招來了服務生點餐。

這頓晚餐十分愉快，林齊和羅澤也吃過好幾次晚餐，但從來沒有像現在用林綺的身分一樣，真的像是一場約會般，連聊天的內容都是林齊沒聽過的。

她覺得，好像發現了羅澤的另一面。

這頓飯吃完後，也快要七點了，林綺盤算著開房三小時，而且還要找藉口先溜，以免在他面前變回林齊。

羅澤看了一下手錶。「妳還有時間嗎？」

終於要開房間了嗎！

「後面有個步道，走上去可以看到很漂亮的夜景，這也是這家餐廳會這麼紅的原因之一。」

「夜景？」

「對啊，今天是約會，我可是做了很多功課喔。」

……怎麼好像怪怪的。

他們離開了餐廳，羅澤還堅持不讓林綺付錢，又牽著她的手往步道上走去，很快地來到觀賞夜景的平臺，這裡已經有幾對情侶，但並不影響眼前遼闊又美麗的地上星空。

「哇！好漂亮！」

「對吧，我就想讓妳看看這樣的景象。」

羅澤鬆開了她的手，靠在欄杆邊，晚風吹來，帶來了羅澤的味道，與在床上的那種情慾氣味不同，單純的，就只有屬於羅澤的獨有味道。

她深吸一口氣，這一次既沒有碰觸，就只是羅澤站在她身邊而已，也能讓林綺的內心小鹿亂撞不已。

她有點搞混了，性與愛密不可分，在性事上無論是羅澤還是三上悠，她都可以。

但是……她跟三上悠，有過一場像現在這樣的約會嗎？

一場沒有性，卻依舊心動的約會。

那種心動，像是回到最純真的學生時代，光是看著對方的背影，就能感受到幸福。

第七章　原來妳也在

「我今天過得很愉快。」羅澤送林綺來到捷運站的時候，這麼對她說：「真的送妳到這裡就好？我可以送妳回家。」

「沒關係，送我到這裡就好。」林綺尷尬笑著，這裡距離她「真正的家」還有兩站捷運站那麼遠，但是她總不能讓羅澤知道，自己就住在林齊的家裡吧。

羅澤彷彿再三確認一般，上下打量了一下林綺。「妳一個女生這樣回去不安全，我送妳到巷口吧？」

「真的不用！」林綺慌張搖頭，她只要等羅澤上捷運後，再搭下一班就好。況且……她不記得羅澤會是這種送女生回家的暖男。

雖然這麼說自己的朋友很抱歉，可是羅澤一直以來都是渣男路線啊，長相帥氣、床技良好，和每個女人都保持一炮之交，他沒得到性病歸功於保護措施做得好。

「好吧，哈哈，那我就先走了。」羅澤伸手揉了一下林綺的頭，這時捷運駛來的風從隧道中吹出，也吹亂他們兩個的頭髮。

明明在這樣的公共場所，該是味道不清明的地方，可是羅澤的氣味又再次鮮明地傳至她的鼻腔，讓林綺打了寒顫。

她身體的每一寸毛孔，彷彿都在渴望著羅澤更多的碰觸。她的心跳飛快，像是劇烈運動後才會有的反應，可是他們今天明明什麼也沒有。

除了牽手、摸頭外，沒有更多的肢體接觸，甚至沒有上床，這對羅澤來說根本不可能，這樣不就是真正的純約會了嗎？

不對，這樣子不行，完全不是好的發展啊！

「等一下！」林綺拉住了正要進去捷運車廂的羅澤，那力道有些大，使羅澤往後頓了一下。

「對不起！我差點害你跌倒了！」林綺趕緊道歉，也因此將羅澤拉出了車廂。

「啊！」

車廂門關了起來，而羅澤已經被拉下月臺。

「對不起……」

羅澤笑了起來，他還沒有這樣被女生拉下月臺過。

「怎麼了嗎？」

「那個……今天……」林綺覺得講出這樣的話有些害羞。「不做嗎？」

羅澤瞪大眼睛，不過卻裝做不懂意思。「做什麼？」

「就是、就是那個啊！」可惡啊，為什麼故意假裝不知道。

「妳不說清楚、講明白，我可是聽不懂的喔。」

林綺咬著下唇，她其實並沒有什麼事情需要緊急變回林齊不可。

只是……要是就這樣子結束今天，那真的很奇怪！就變得像是一般男女朋友純約會一樣！

雖然她本來也就是聽從俊男的意見，要來約會而已，可是結束一定得是性才行啊……

她抓住羅澤的手腕，然後些些踮腳，靠向了羅澤的耳邊，低聲說著。

「做愛啦……」

或許是過於嬌羞，又該是說過於大膽的模樣，這讓羅澤忽然紅起了臉，沒料到林綺在耳邊說話的殺傷力會這麼大。

「妳還真是……」羅澤遮住了臉，想掩蓋自己的紅，嘴角的笑容滿溢。「妳應該沒有試過外面吧？」

「外面？」

林綺還沒了解意思，就已經被羅澤拉著往捷運出口走去。

「什麼意思，什麼外面？」

她搞不清楚，任憑羅澤拽著她爬上了手扶梯，沿著巷子來到一處公園，或許是巷尾的關係，又或許是現在時間也晚了，公園並沒有半個人。

「這裡是……」

林綺話沒說完，羅澤已經吻上了林綺的嘴，舌頭鑽入她的口腔之中，竊取甘甜。

「嗚……嗯嗯……」林綺被突如其來的吻弄得呻吟，而羅澤的手摸上了她的腰際，滑到了屁股。

等等！該不會要在這裡……

「羅澤，難道你要……」林綺掙脫。

「這裡不會有人。」羅澤笑著，又吻上了她的唇。

為什麼知道這裡不會有人？

林綺推開了羅澤的吻。「你跟誰來過嗎？」

「……」羅澤沒想到林綺會這樣問，先是愣了下。

光是這樣愣住的幾秒，讓林綺瞬間紅了眼眶。

對，紅了眼眶。

「妳……」羅澤驚訝地看著她。「為什麼……」

第七章 原來妳也在

「我、我不要這樣子……」林綺用力推開他，然後往捷運站的方向跑去。

為什麼自己會這麼難過，為什麼會哭，這些林綺通通不知道。只知道這樣屬於女人該有的歇斯底里反應，是不該出現在她身上的。

但是為什麼，現在會發生這種事情？

是因為此刻的自己是女生嗎？但這個藉口要用到什麼時候呢？

難道不是因為……羅澤的關係，不是因為自己的關係嗎？

不，不要再想了！

「林綺！」

羅澤在後頭追著，但是林綺很快地進入了捷運入口，馬上跳上了捷運，在羅澤從手扶梯跳下來時，車廂門也正好關起。

林綺找了個角落，用手背擦去眼淚。

「哭什麼哭啊，搞得好像失戀一樣……」

失戀？

她是在嫉妒嗎？在吃醋嗎？

羅澤是個渣男，和很多女人有過經驗的這件事情，她不是早就知道了？

她還和羅澤一起把過妹、相約開房在隔壁，怎麼此刻的她才在那邊在意羅澤的過往？

羅澤和別的女人在那個地方打野戰又怎麼樣？那不都是過去的事情嗎？

可是……可是為什麼要帶自己去和別的女人上過的地方呢？

然後在意這些無聊事情的自己又是怎麼回事？難道是喜歡羅澤嗎？

「不，我真是瘋了……」林綺用頭輕敲著車廂玻璃，看著反射的自己，忍不住失笑。「這臉真醜……」

出了捷運之後，她緩慢地走回自己的家，想著自己之後該怎麼用林齊的身分面對羅澤。

正拿出鑰匙要打開一樓大門，後頭傳來了車子停下的聲音。

「不用找了！」

車門一打開，便傳來了熟悉的聲音。

林綺嚇了一跳轉頭，沒想到看見了羅澤，他搭了計程車追了過來？

「林綺！」

不可能！他怎麼知道要來這裡找她？

出於驚嚇，她下意識趕緊推開了大門，就往電梯跑去，但是羅澤很快追了上來，推開了鐵門，擋住了電梯門。

第七章 原來妳也在

「我在叫妳！」
「你、你怎麼……」
羅澤沒有回答她的話，而是按下了林齊所居住的樓層，並且抓住了林綺的手腕。他看起來氣勢凌人，等電梯門一開，立刻拉著林綺的手往林齊的房間方向走去，接著停在了門口。
「開門。」羅澤命令她。
「我、我又沒有鑰匙。」林綺嘴硬。
「開門！」羅澤看向她，輕輕張口道：「林齊。」
林綺睜大眼睛，張大嘴，以為自己聽錯了。
但是羅澤的表情認真，林綺張口想問：「你剛才說什麼？」，但是又怕羅澤重複林齊的名字。
就當作，是林綺聽成林齊好了。
「開什麼門，我又沒有鑰匙。」所以林綺又重複了一次一樣的話，但是這次羅澤更用力抓住林綺的手腕。
「林齊，不要打馬虎眼了，給我開門！」
「什麼林齊……」

「非得要我說得那麼明白嗎？我知道妳是林齊，男生的林齊！」

這下子還真的沒辦法裝傻了，林綺的臉色瞬間刷白。「為、為什……」

羅澤不想和她多廢話，直接伸手進去她的包包裡頭，找到了鑰匙後開啟了房門，然後把林綺推進去。

「唉唷！」林綺大喊，怎麼這麼粗魯！

羅澤反鎖了房門，脫下鞋子後踏進屋內。

「你動作那麼大力做什麼！」林綺抱怨，也脫下了鞋子。

「誰叫妳慢吞吞的？」羅澤一笑，逕自坐到了床上。

被羅澤這樣盯著，林綺覺得十分尷尬，她咬著唇，把包包放到了一旁。「你什麼時候知道的？」

「大概在重新找到妳的時候知道的。」羅澤勾起嘴角的笑容。「其實長得挺像的啊，除了胸部很大以外。」

「你！」林綺紅起臉。「你既然知道我就是林齊，怎麼能跟我上床？」

「這有什麼問題嗎？」羅澤歪頭，又走了過來，伸手拍了一下林綺的胸部。「身為女性，妳的身材非常完美。」

「你這混蛋！不要碰我！」林綺用力推開羅澤，不過力氣還是比不過，輕鬆就被

第七章 原來妳也在

擋了下來，而且還被反抓住。「呀！」
「妳聽聽看妳這聲音。」羅澤的臉露出了些許興奮，另一手摸上了林綺的屁股。
「你、你到底……」
「我本來是想要等妳慢慢發現的……」羅澤低聲說著：「但是上天給了我一個機會，我不把握的話，就不是男人了。」
「到底在說什麼，有聽沒有懂……嗚！」話都沒說完，羅澤的嘴巴經親了上來。
「等、等一……」
她無法阻擋羅澤的進攻，那手從腰間的衣服鑽了進來，直接摸上了她的胸部。
「不、羅澤！你跟我說清楚！不然我不要！」她拚了命要拒絕，但是抵不過羅澤的力氣。
「妳今天不是一直想要這樣的嗎？我原本今天是想放過妳的，但是妳先誘惑我，又這樣對待我……」羅澤盯著她的臉，眼底的情緒十分複雜，他的雙頰些些漲紅，不知道是因為慾望還是什麼。
「我、我只是……」林綺的唇再次被羅澤親吻著，但是她極力反抗。「以前就算了！既然現在我知道你知道我是誰，那就不可能這樣和你上床！」
「林齊，妳現在還在意那個？」羅澤失笑。「妳無法拒絕我的！」

他把林綺推到了床上，當他壓在林綺的身上時，那熟悉的體溫和觸感又再次回到林綺的腦海之中，她的身體都還記得羅澤的溫度，還有羅澤的力道。

那手撫過她的全身，使得林綺全身戰慄，很快地褪下了她身上的衣物，在親吻與舔舐之下，林綺投降了，她沉浸在羅澤帶來的快感之中。

很快的，羅澤也按奈不住，解開了褲頭進入了林綺，一陣衝撞之後，他們達到高潮，還以為這樣就結束了，但是羅澤又翻過了林綺，調整了姿勢，要從林綺的背後進入。

「等、等一下！我等下就會變回……啊！」還沒來得及說話，羅澤又挺了進來。真是要死了，要是等一下中途變回男生怎麼辦！這樣現在在體內的這一根會變成在哪裡？

「要是中途你變回了林齊，妳覺得我插的地方會是哪裡？」羅澤一邊撞擊一邊笑著問。

「你、你這瘋子！啊！」林綺一邊叫，一邊想要推開他。

「妳不要這樣動！嗚……！」羅澤繳械，再一次將體液全數噴入林綺的體內。

林綺腿軟了，直接趴到床上，而羅澤壓在她的身上，親吻著她的後頸以及耳朵。

「不要這樣……」林綺些些抗議，不要這樣親吻她，也不要這樣溫柔對待她。

羅澤都知道她是林齊了，怎麼還會和她上床呢？為什麼呢？難道真的是身體是女生就可以嗎？趕在她變回林齊前，再上一次嗎？

平常羅澤面對林齊的時候，都不會想到林綺嗎？還是林齊的外表就是男生，所以羅澤也不會有任何反應，就是面對朋友的態度罷了。

林綺可以，林齊不行？

為什麼想到這一點，林綺就莫名想哭。

她搞不懂自己的心意，也不明白這段時間心情的三溫暖，她是想在羅澤身上找到答案，就只會把自己搞得更迷糊。

忽然她的身體再次感受到劇烈的心跳，她知道自己要變回林齊了。

這下子，他們的友情永遠完蛋了，他們再也回不去以往了。

砰！

砰！

「咦？」林齊一愣，怎麼感覺聽到了兩種聲音？

還有他身上的重量變輕了，是因為自己變回了男生，所以才不覺得羅澤很重嗎？

不對，觸感也不對啊！羅澤的身體怎麼會這麼的柔軟？

「你還能再來一次嗎？」一個柔美的聲音在他耳邊響起，而細絲的長髮劃過林齊的身體。

「嚇！」

林齊跳了起來，轉過頭一看，裸著身體的三上悠就在他的床上。

她帶著巧笑，將頭髮勾到了耳後，而屋內根本沒有羅澤的身影，三上悠又是什麼時候進來的？

「妳、妳……妳怎麼……」

三上悠嫣然一笑，靠向了林齊，小巧的乳頭磨蹭在林齊的上身。「怎麼？這樣子就不記得我了？」

「三上悠……可是為什麼……等一下，難道、難道妳就是羅澤？」

「你會不會發現得太慢了？我覺得我們長得很像啊。」三上悠一笑，嘟起嘴親吻了林齊。「怎樣？現在我是女的，你是男的，沒有問題了吧？」

「為什麼妳也……怎麼回事？」林齊抓住三上悠的肩膀，好小、好嬌小，無法想像她就是剛才力大無窮的羅澤。

「你可以報復我啊，我剛才那麼粗魯，你現在也可以這樣對待我。」三上悠兩腿張開，跨坐到了林齊身上。

「羅澤……妳什麼時候……」

「你真的很遲鈍耶，林齊，哪有人名字會叫做三上悠，你沒發現我是用女優的名字嗎？」她又笑了。

羅澤是怎麼變成三上悠的，這就得回到天使酒吧的那天。

♡

林綺對羅澤有一種說不上來的吸引力，當然性方面很契合沒錯，但是羅澤並不是會為了性而如此沉迷某個女人，畢竟女人對他來說並不稀奇。

而是林綺舉手投足之間，無論是說話語氣、身上氣味、還有偶而的一些眼神，都會讓他覺得有種莫名的親切與熟悉。

為了確認這樣的感覺，他才想要再次找到林綺。

他看著一旁的林齊正在和班上被稱作女神的女人說話，女神這名字不過也只是因為她奶大妝濃，個性其實令人不敢恭維，而和羅澤上過一次床後就以女友自居這點，也讓羅澤十分頭痛。

當林齊尷尬一笑的時候，羅澤忽然像是觸電一樣，不知道為什麼，林齊和林綺的笑臉重疊了。

有這個想法的羅澤趕緊搖頭，可是他忽然意識到，會一直覺得林綺特別，似乎就是因為她讓他想到了林齊。

要是林齊是女生，大概就會是林綺那樣吧。

……等一下，這樣的意思是……難道就是因為林綺讓他想到林齊，所以羅澤才會想找她嗎？

這怎麼說……怎麼好像怪怪的？

羅澤看了一旁的林齊，他正被女神煩到不行，他湧起了一個想法，要是能夠同時看見林齊與林綺的話，這樣子或許就能知道自己到底在想些什麼了吧？

說不定，他們根本一點也不像，羅澤也不是因為林齊的關係，才會想找尋林綺。

是啊，沒錯。

「林齊，你今天晚上再跟我去蹲點吧？」所以羅澤發出邀請，但是林齊看起來百般不願意。

於是晚上，羅澤直接跑到林齊住的地方接人，讓他無法拒絕。

「所以我說，反正那個女的你也上過了，幹麼還要去找？」

一路上林齊不斷要羅澤放棄尋找林綺，這對林齊來說十分反常，平常林齊根本不會管羅澤和女生的往來狀況。

難道是因為林齊也和林綺上床過，所以才會希望羅澤不要跟他搶嗎？

不過追問了幾次，林齊的態度看起來又不太像，如果硬要說，比較像是林綺可能是他的親妹妹，而他不想讓羅澤發現，所以才會一直阻止。

「老實說！該不會你真的認識她吧！」羅澤勾住林齊的脖子，那一瞬間羅澤的心臟像是忽然被捏緊一樣，不知道為什麼，覺得林齊好小一隻。

「不不不，我真的不認識！天使酒吧到了！快點進去吧！」林齊比著前方。

於是他們一起步入了天使酒吧，這裡的氣氛和裝潢都很好，最重要的是酒很好喝，而且服務生男帥女美，如同店名一樣，都像是天使。

一個俊美的男人負責招待他們，這幾天羅澤來蹲點時，也都有見到同一位服務生。林齊主動和對方打聽林綺的下落。

而他注意到，眼前的服務生在聽完林齊的描述後，表情變得十分有趣。

「原來如此啊！難怪想說這幾天時常見到你，被搭訕也都不理會對方，像你這樣的帥哥很難得耶。」服務生說著。

「你見過嗎？」羅澤問。

「嗯……我看，你們先點酒吧！點了我才想得起來啊。」服務生十分會做生意。

在等待酒的時候，羅澤和林齊確認是不是真的不認識林綺，但同一時間，女神也追到了酒吧。

羅澤對女神沒有興趣，不斷在人群中找尋林綺的身影，同時在這燈光不算明亮的地方，好幾次當他瞥過林齊的方向時，都會把他看成了林綺。

真是奇怪，是酒太烈嗎？為什麼看著林齊時，羅澤會覺得心跳加速？為什麼會覺得臉部燥熱？

他居然在對林齊發情嗎？這太誇張了吧！

為了緩解這樣奇怪的想法，羅澤和一旁女神的朋友調情起來，這讓女神氣得喝了幾杯，最後在林齊的攙扶下離開了現場。

「所以羅澤……我們要不要也去廁所呢？」女孩的手在羅澤的腿上滑著，但忽然間，羅澤的興致都沒有了。

「等等吧，我先等林齊回來。」

「他們現在說不定也在玩，我們可以過去找他們，然後……」

「我就說了等等！」羅澤厲聲，讓女孩縮了一下。

「好吧，那我去那邊晃晃。」她可不會繼續盧小下去，反正等等再過來就好。

等到女孩遠去後，羅澤嘆了口氣，不知道自己在這做什麼。

「去洗把臉吧。」他起身離開位置，發現那個女生就站在廁所邊，再次邀請羅澤。

罷了，就接受吧，這樣才是自己啊。

所以他吻上了那女的，手也快速又沒情調地摸上了她的胸，然後忽然想起自己的手機放在吧檯上。

「我回去拿手機。」

「唉唷～～快一點回來喔。」那女生嬌嗔。

羅澤繞了回去，赫然看見林綺就站在那。

他的眼睛亮起，沒想到今天真的可以見到她。

再次見到林綺，那種與林齊的熟悉感非但沒有消失，反而更強烈。她的眼神、氣息、語氣等，都太像林齊了。

「你找我做什麼，不過做過一次，還死纏爛打。」林綺在聽到羅澤一直找他時，說出了他曾說過好幾次的話，而這些話林齊也一定聽過。

果然林綺和林齊有什麼特別的連結，只是不知道是什麼。

他只是出於一時的心血來潮，所以才說出「以交往為前提相處下去。」這樣的話，但是沒想到林綺些微紅起的臉，讓羅澤的心臟被揪緊了一般。

這種感覺非常陌生，可是又覺得有點熟悉，他似乎偶而會有這樣的感覺浮現……

是什麼時候？

他來不及細想，林綺已經想要離開，於是他問了林綺的名字，得知和林齊的發音差不多。

但是無論是林齊還是林綺，都不承認認識彼此，沒關係，羅澤不追問。反正他總有一天會知道的。

等到林綺離開後，女神的朋友也帶著被林齊丟下的女神離開酒吧後，羅澤還是待在天使酒吧。

他原本想打給林齊，但是服務生卻靠了過來說：「你不是找她好幾天了嗎？這麼乾脆就讓她走了喔？」

「畢竟也不能把她關起來。」羅澤開玩笑的回應。

「對了，我叫做俊男。」服務生自我介紹起來，並且遞上了一杯透明的酒，在裡頭的氣泡似乎還湧出了粉紅色的光澤。

「這杯我請你，你有想過愛情究竟是怎樣嗎？」

「愛情不就那樣？」羅澤笑了。

「是啊，但是性與愛啊……」俊男瞇起眼睛。「有時候被固定在性別明確的身軀之中，是沒辦法發覺的。」

喝下這杯酒之後，羅澤覺得頭有點昏。「哇，這酒多烈？我已經在暈了，你不會下藥了吧？」

他開玩笑地說，但是俊男卻瞇眼。「羅澤，有沒有可能，你必須要跳脫性別的框架，才能找到你要的答案呢？」

奇怪，他有介紹過自己的名字嗎？

為什麼俊男會知道？

「我想，當你跳脫後，你一定可以比林齊更加灑脫，或許你們會一起找到答案。」

羅澤覺得身體好熱，好像有什麼東西快要衝出來，俊男將他帶到了後門邊，離開了吵雜的地方後，低喃道：「想著那個，最能激起你慾望的人……」

慾望？只要看到裸體了，慾望怎樣都會來了啊！

但是不知道為什麼，他腦中浮現的……居然是剛才帶著女神去廁所的林齊……

砰！

「搞什麼東西！」羅澤大喊，自己的身體居然冒出了白煙，而且身體還像是爆炸一樣，雖然不會痛，但感覺超級奇怪。

但這些驚奇都比不上剛才羅澤大喊的時候，所聽到的奇怪聲音。

明明這裡就沒有別人，為什麼會聽到女生的聲音？

「到底是怎……」他手往額前的髮根上戳去，想只是習慣性地想要撥弄一下頭髮，可是手指縫間卻纏繞著許多細長的髮絲，這讓羅澤嚇了一跳，同時間他也注意到他的聲音不對勁。

「這是……」他看向沿著自己手掌而來的細長黑髮，這些頭髮居然是從自己頭上長出來的，而另一隻手摸向喉嚨，卻沒有摸到該存在於那的喉結，取而代之的是纖細又滑順的肌膚觸感。

他摸上自己的臉，觸感不同、臉型不同，頭髮也長長了，他低頭看向自己的身體，人像是縮小了一樣，整個衣服都變得很大件。

「哭杯，我是變成女生了嗎？」羅澤從領口看見自己裡頭的胸部。

「好小！」

與他的大鵰不同，變成女生了的她，居然是個貧乳。

「這叫做公平嗎？」她忍不住一笑，對於這樣的變化並沒有太多的驚奇，她很快地思考這一切，得到一個結論。

剛才喝下的東西、林齊與林綺奇怪的相似、還有俊男神神祕祕說了一些怪話的模樣，讓她理解到一件事情。

第七章 原來妳也在

那就是，這個酒吧能夠把人的性別改變，而林齊與林綺則是同一個人。

她將自己過於寬大的T恤衣襬往上拉起，於下胸處綁了一個結，露出了結實的人魚線，看來身為女性的她，曲線方面也還不錯。接著褲子則用皮帶拉到最緊，鞋子就沒辦法了，乾脆赤腳。

再次踏入天使酒吧，她看了一眼俊男，然後聳肩一下。俊男原本有些擔心羅澤會跟林齊一樣大驚小怪，不過羅澤並沒有過來吧檯，而是轉身往舞池的方向走去。

「果然在玩的人就是不一樣啊。」俊男吹了個口哨，繼續調製下一杯酒。

羅澤在舞池中搖擺，她很清楚女人怎麼樣展現肢體會引來注意力，雖然自己沒跳過女人的舞步，可是實際做起來竟然比她想像的還要容易。

扭腰擺臀，甩動長髮，偶而咬個下唇，盯著男人看後眨眼視線再往下，勾起男人的征服慾，這很簡單的。

很快就有幾個男人過來貼著羅澤跳舞，不過當那些男人的身體碰觸到羅澤時，她卻頓時覺得一陣噁心。

啊，因為自己的內心是男人啊，跟男人貼在一起當然噁心了。

羅澤轉而去與女孩跳舞，因為同是女性，並沒有覺得哪裡不對勁，可是當羅澤和其中一個女孩摩擦著彼此的上半身舞動時，她又覺得不太行了。

真是奇怪，自己是男人時，無論和哪種女人在一起，她都能輕易勃起並且達到有洞就插的不挑境界。

可是為什麼成為了女性，就對男性、女性都無感呢？

「打擾一下。」羅澤跑回了吧檯，朝俊男喊著。

不過俊男的表情卻有些小驚恐，用眼神示意一旁的同事，彷彿在告訴羅澤不要說些多餘的話。

「我要點一杯雞尾酒，甜一點的。」所以羅澤故意點了一杯像是女生會喝的酒。

俊男調好了酒送來，放到了羅澤的面前，低聲說：「還是妳聰明些。」

「所以說，我要怎麼恢復原狀？」羅澤也笑著低聲問。

「去找林齊囉。」俊男笑了笑。「畢竟他是妳的前輩啊。」

這句話讓羅澤又笑了幾聲，拿起了酒杯喝了幾口，便婀娜地離開了天使酒吧。

她當天就到了林齊的租屋樓下，可是她卻沒有上去，也沒有撥電話。

她想起俊男的話，要她想著最能激起她慾望的人。

她想到的是林綺，但林綺就是林齊的話，激起她慾望的，就是林齊了嗎？

於是羅澤往後一退，決定不告訴林齊自己也變成了女生。

她想知道，如果用女生的身分面對林齊，或是面對林綺的話，會有什麼不同。

會跟剛才在舞池一樣覺得其他男女噁心，還是會慾望高漲？

♡

就在她還在想著，該用怎麼樣的方式自然地認識林齊的時候，就在內衣店遇見林綺了。

林齊變成女生這麼久了，居然到現在才想到要買內衣，那之前都是不穿內衣的走來走去嗎？

話說回來，轉換性別的契機好像要透過性愛，所以說林齊也跟別人上過床來轉變嗎？

想到這一點，羅澤不知怎麼，就覺得有點小小不爽。

林綺看似不會穿內衣，真是個蠢蛋，和女人上床這麼多次，連內衣都不會穿啊？這麼沒有情趣嗎？沒幫女性穿脫內衣過？

「要不要我幫妳呢？」

所以羅澤主動問起，雙方都是女性，林綺也沒有任何顧慮，便同意了。

兩個女人在更衣室裡頭，神奇的是，光是看著林綺裸著的身體，羅澤便湧起了一種難以言喻的興奮。

在這期間，她隨便介紹自己叫做三上悠，這麼明顯是用女優名字改過後的，林綺應該也會覺得奇怪吧？

不過總比林齊就叫做林綺好，一點創意都沒有。

羅澤將手伸進了林綺的內衣裡面，將她渾圓的大胸往內衣裡頭撥進來，林齊有個小雞，但是變成林綺卻有個大胸，對比自己，俊男是不是在這方面還算公平？

三上悠的手趁著抽出林綺內衣的瞬間，故意去碰觸她的乳頭，這讓林綺嬌嗔了一聲，這讓三上悠瞬間起了雞皮疙瘩，要是她現在是男人的話，應該都已經硬起來了。

不過，這也讓三上悠確定了一件事情。

無論自己是男是女，似乎只有面對林綺的時候，她才會慾望高漲。

尤其是後來，當她真的以女人的身分和林綺上床時，那種前所未有的高潮以及歡愉，是她當男生從來沒有體會過的。

那種感覺實在是太爽了，讓三上悠還在床上的時候，就感覺到身體內部的氣似乎在亂竄，就像是快要變回男生一樣。

但是她還不能在林綺面前變身，還不能讓她知道。

所以她立刻進去了浴室，打開了水龍頭，想讓水聲蓋過她可能隨時會變身的聲音，而外頭的林綺也正收拾著東西，她們彼此都需要自己獨處的時間。

砰！

在林綺關上門的瞬間，在浴室的三上悠變回了羅澤。

他裸著身體走出了浴室，看著凌亂的床，還有早已經不在的林綺。那床上彷彿都還有林綺的香味，聞著那味道，就讓羅澤又興奮起來。

他躺在上面，想著剛才的林綺，發現自己又硬了起來。

於是他順其自然，去套弄自己的分身，在想著林綺高潮的臉也迎來了高潮。

正當他看著手上的液體苦笑時，他再次感覺到身體的變化。

砰！

羅澤又變回了三上悠。

「哈哈哈哈啊！」三上悠大笑起來，怎麼想著林綺自慰也能變身？

所以變身的契機，不是因為性，而是那個讓妳心動的人。

第八章　原來你也在

回憶到此結束，羅澤用著三上悠的臉蛋，說著這些話語，這讓林齊驚駭地瞪大眼睛，沒想到羅澤和三上悠是同一個人。

而且，俊男不是說讓人類可以變更性別是不行的嗎？之前他想要跟俊男主管討公道的時候，俊男還去阻止，結果現在卻又多用了一個羅澤。

怎麼邱比特這麼沒有原則啊！他們沒有職業道德嗎？

不對，話說回來，眼前的羅澤她……

「妳一開始就知道，我和林綺是同一個人嗎？」

三上悠瞇起眼睛，露出了媚惑的笑容道：「你說呢？」

「我看妳這樣子……就是知道！妳明明知道是我，怎麼還會跟我、跟我……」

「跟你怎樣？」三上悠伸出舌頭，舔過了林齊的胸膛。

「啊！」他發出像是女人的驚呼。「就是跟我這樣！」

「有什麼不妥嗎？現在你是男，我是女。」三上悠笑著，拉著林齊的手往自己的胸前摸去。「你上次可是很積極的喔。」

「等、等一下啦！」林齊用力推開了三上悠。「現在到底什麼狀況？」

「就是眼前這樣啊，三上悠跟女生的你做過，也跟男生的你做過。羅澤則跟女生的你做過。」這關係聽起來很混亂，但卻都是同一個人。

「妳明明知道都是我，卻還是可以嗎？這不會很奇怪嗎？」

「奇怪？有什麼好奇怪的？」三上悠不解地歪頭。「過程不是很舒服嗎？」

「是很舒服，但這不是原因啊，我們是朋友耶！」

「但是我們是用別的身體做愛，這樣有關係嗎？很多男生和女生的朋友也會做愛，他們這時候就不在乎是不是朋友啊。」

「但我們兩個都是男生啊！」

「現在只有你是男生喔。」三上悠又笑了。「所以說，要不要用這樣的身體再來一次呢？」

「這種事情妳怎麼能接受得這麼快？」林齊問。

「不然要花多久時間？」

「也不是……先把衣服穿上啦！」林齊把自己當林綺時的衣服丟到她身上。

「呿，真是無聊。」三上悠一邊笑，一邊穿起了衣服。「不知道是俊男公平還是怎樣，你看，我雞雞這麼大，變成女生的時候胸部卻這麼小，而你胸部很大。」

「妳在影射什麼！」

「我只是說說囉，但無論你多大，都把我搞得很爽啊。話說女人的身體還真不得了，不是嗎？」

「這語氣雖然就是妳會說的話，但是用這樣的臉蛋講還真是不合適。」

「哈哈哈。」三上悠笑起來的模樣果然還是很漂亮。

哎呀，林齊本來想著，自己要是和三上悠在一起，就是找到了真愛，這樣子就能變回林齊，好好地跟三上悠過著幸福快樂的日子。

結果這下子，三上悠居然是羅澤，那這樣是什麼意思？難道他對羅澤……不不不，羅澤可是男生啊！怎麼可能會喜歡他呢。

三上悠看著煩惱的林齊，忽地開口問：「林齊，你知道變身的契機嗎？」

「不就是和人上床嗎？」

「傻男怎麼跟你說的？」

「他說可以找到真愛。」

「那你自己的理解呢？關於變身的契機，該不會天真以為只要做愛就可以吧？」

「不然呢？」林齊茫然。

「我就知道。」三上悠手拍到了額頭。「林齊，不是做愛才能變身。」

「難道有方法可以自己變身？」

「有啊，自慰。」

「怎麼可能，我也試過啊，還是一樣。」

「因為你方法不對，你看我示範。」

「示範？」

林齊話都還沒說完，三上悠已經把腿張開，露出了祕密花園，然後纖細的手指往裡頭探去。

「等一下，妳……」

「啊……」三上悠瞇起了眼睛，露出陶醉的模樣，她將中指先在外頭探索了一圈，最後緩緩插入了那幽洞。

林齊看得一愣一愣，他從來沒親眼見過女生在自己面前自慰，這畫面實在太刺激了。

忽然三上悠張開眼睛，看著林齊後微笑，一邊也拉起自己的上衣，另一隻手逗弄著乳頭。

「林齊……」她喊著林齊的名字，然後插入了第二根手指，加快了速度來回著。

「啊……林齊……」

「妳幹麼一直叫我的名字啦……」林齊看著滿臉通紅的三上悠，覺得自己也逐漸被燃起了慾火，尤其三上悠看著自己的雙眼那麼迷濛，就像是那進出洞口的並不是她的手，而是林齊……

不知道是誰主動，也有可能兩個人都主動，他們靠近了彼此，接著四唇相疊，林齊吻著三上悠，輕輕地咬了她的下唇，接著又舔了一下她的嘴唇，然後將舌頭探入。

人在情慾高漲的時候，嘴裡似乎會分泌一種黏液，當親吻的時候可以嘗到這樣的味道，知道對方現在正因為你而興奮。

林齊在三上悠的嘴裡嘗到了這樣的味道，三上悠也是，他們正為彼此而興奮著。

他感覺到自己逐漸挺立，而三上悠忽然抱住了林齊，然後全身痙攣了一下，在林齊的懷中高潮。

明明沒有碰觸到她，可是三上悠靠著看著林齊，並且靠著最後的那一吻而達到了高潮。

她喘著氣，躺到了床上。

「懂了吧？」

「懂……懂什麼？」林齊的下身挺立，他還沒高潮。

而三上悠看著林齊的那根，扯了嘴角一笑。「你因為我而興奮了，在你知道我就是羅澤之後，你還吻了我。」

「因為、因為妳是三上悠啊。」林齊嘴硬。

「哈哈，」三上悠一笑。「騙子。」

「什麼騙……」

就在這瞬間，三上悠的心跳加快，砰的一聲，他直接變回了羅澤。

「啊！衣服！」林齊大喊，畢竟羅澤原本還穿著林綺的衣服啊，結果這下子直接撐開。

然後他的下體，就這樣光溜溜的在林齊面前，林齊立刻拿起衣櫃的內褲丟給羅澤。

「等一下，為什麼你自慰可以變身？」林齊終於發現了不對。「我也試過啊！但是沒有用！」

羅澤慢條斯理地穿上了內褲，然後說：「你曾經在沒自慰也沒做愛的情況下變身過嗎？」

「沒……等一下，有，就是第一次變身的時候。」林齊回想起當時的情況，還因此逃離了小青。

「那次是為什麼變身呢？」

「就是跟小青開房間的時候，她在洗澡，然後我聽到你們在隔壁做愛，有夠大聲，結果……」

「聽到我的聲音，想像了之後所以變身？」羅澤抬頭看著他，順便脫掉了緊繃的上衣，露出結實的胸膛。

「對，但是你用這種方式講，亂不舒服，是你們太大聲。」

「林齊啊，這樣你還不知道意思嗎？」羅澤笑了。

「什、什麼意思？」林齊覺得羅澤的話別有深意，但是看到他居然想著自己自慰就能夠變身，這意思是……

「俊男不是說了，讓我們變身是為了可以找到真愛，你沒想過嗎？關鍵不是性，而是愛。」羅澤聳肩。

「你是要說，因為你喜歡我，所以你才能透過想著我而變身嗎？」林齊簡直不敢相信。「這太荒唐了吧！」

「有什麼好荒唐的？」羅澤承認得老實，畢竟這答案已經很明顯了。「你不也一樣嗎？透過想著我才有辦法變身，甚至不需要自慰，只聽著聲音你也能變身，這還不明顯？」

「你是要說，我們彼此喜歡？」林齊簡直要發瘋。「但我們都是男的欸！」

「男的女的有差嗎？我們早就超越了男女的那條界線了吧？」羅澤輕笑。「三上悠跟林齊可以、羅澤跟林綺可以、三上悠跟林綺也可以，你覺得這樣還需要解釋什麼？」

「但、但就說，我們都是男的……」林齊的聲音變得小聲。

羅澤深吸一口氣道：「我懂了，你的意思是，只要身為男生的我們兩個，也能夠可以的話，你就能接受我們彼此喜歡這項事實？」

「怎麼會導向這個結論？」林齊怪叫。

「我覺得你就是這個意思啊。」羅澤忽然雙膝於床上立起，這讓林齊嚇了一跳。

「等一下！你要做什麼？」

「還能做什麼？做愛啊。」羅澤用力推倒了林齊。「不試試看的話，你就不會承認啊。」

「承認什麼！試試看什麼啦！」林齊想從床上爬起來，但是羅澤已經壓到他的身上，而且還順勢脫掉了上衣，不同於三上悠纖細又白皙的上半身，羅澤的身材精壯又結實，肌肉的線條令林齊吞了一口口水。

他明明不是第一次看到羅澤的上半身，他們有一起去海邊過，可是為什麼此刻的羅澤看起來色氣滿滿，明明是羅澤不是三上悠，卻讓林齊感覺這麼害羞與……興奮。

不、不對，不能這樣。

「林齊，你就接受吧。」羅澤笑著，忽然就湊上林齊的嘴。

「等一下！」林齊眼明手快地摀住自己的嘴，羅澤的唇瓣因此吻上了他的手背。

「林齊，你還在掙扎？」羅澤皺眉，抓住了林齊的手腕。

「不是，你忽然這樣親過來是怎樣？你有看清楚是我嗎？」林齊紅起了臉，現在是怎麼回事啦！

「我只是很坦蕩地接受了自己的心情，我現在只是要你接受。」羅澤親吻了他的手背、手腕，然後伸出舌頭舔了他的掌心，這讓林齊發出呻吟。

「你、你確定，我是說，這樣子真的可以？」林齊還是不敢相信。

「你不試試看，怎麼知道可不可以，林齊，放輕鬆交給我吧。」羅澤磁性的嗓音在他耳邊，接著羅澤親吻了林齊的脖子。

「啊！」林齊再次一叫，一種混亂的心情在他內心衝突著，他想就這樣和羅澤繼續下去，但又不斷提醒自己，他們現在都是男的。

「林齊，順從自己的心吧。」羅澤低語，像是打開了林齊的開關一樣。

好吧，隨便了，就這樣吧。

他放軟了身子，而羅澤伸手捧著他的臉，凝視著他。

真是奇怪，林齊的臉他明明看過好幾次，為什麼一直到他們能夠變身了之後，他才會注意到林齊的與眾不同？

他一直以來都覺得自己在情感上有些缺陷，他喜愛跟女人上床、有肢體碰觸，那種纏綿的感覺也很舒服，但是從來沒有依依不捨、沒有哪個女人可以讓他想要繼續下去。

他以為，自己沒辦法喜歡上任何人，是天生的渣男，現在才發現，是因為他沒注意到自己真正的心意。

畢竟同性從來不在他的考慮範圍之內，所以他從來沒有去「認知」到自己是否喜歡同性。

然而，他並不想因為就這樣，把自己歸咎在喜歡同性的區塊裡面，他更傾向自己是因為林齊的關係。

他相信喜歡的是靈魂，而不是外在。諷刺的是，從不相信自己能喜歡上一個人的羅澤，居然在遇到林齊並且能變換性別之後，才體悟到這件事情。

所以是否，性別都成為了我們辨識真愛的阻礙？

否則和林綺的性愛，就不會是他最棒的體驗。

他吻上了林齊，非但不排斥，反而十分享受，林齊的氣息、溫度，如此熟悉，與他身為三上悠時是一樣的體驗。

而林齊原本閉起的眼睛在與羅澤親吻的瞬間張開，他除了嚇一跳以外，就是羅澤的嘴唇如此柔軟，明明不是三上悠，卻讓他感受到一樣的觸感。

在這瞬間他才真正體悟到，三上悠和羅澤真的是同一個人，他認出的並不是軀殼，而是溫度與氣味，還有那靈魂。

而羅澤在親吻林齊，是閉上雙眼的，他陶醉且沉淪在與林齊的吻中，張開了口，探入了舌，於他的唇齒間攪和。

林齊雖緊張，但還是生澀地回應，他不知道和男人接吻也可以這麼舒服，也無法預料有一天會和羅澤接吻。

這一切發展得快速，也超乎林齊的想像，但是與羅澤的接觸是這麼契合……等等，兩個男人該怎麼做？

「羅澤，等一下。」林齊輕輕推了羅澤。

「嗯？」他感受到羅澤嘴中的情慾，還有那迷濛的雙眼，這讓林齊頓時紅起臉來。

「兩個男人，是要怎麼做啊……還有就是……誰是在下面？」

「當然是你在下面，你現在不就已經在下面了？」羅澤的手握著了林齊的那根，前端早就濕透了。

「等一下，我可沒……啊！」林齊想反駁，但是羅澤的拇指輕按在前端來回旋轉。

他怎麼可以摸得這麼自然？難道毫不猶豫接受自己也有著與他相同的一根嗎？雖說他們也在女生的身分時上過床了，但是女女和男男在心理層面上的感覺還是不一樣，視覺效果畢竟看到的都是女的啊。

「你不要再亂想了，看你的臉就知道你還在想男生女生的差別。」羅澤鬆開了林齊的分身。「這樣子，你應該就沒空胡思亂想了。」

接著，他彎下身，將林齊的分身含入了口中。

毫不猶豫的。

「羅……！」林齊大叫，但羅澤可沒有停下，他吞吐的動作與技巧，似乎不是第一次。

不是第一次嗎？

羅澤是雙嗎？

為什麼羅澤連和男人的技巧都會這麼好？

林齊無法克制不亂想，但下體傳來的刺激感官讓林齊瞬間沉淪，羅澤的手指往上輕捏著林齊的乳頭，這讓林齊扭著身體。

「我、我不是女人，不要用女人的方式對我……」

「有差嗎？男人女人不都一樣？」羅澤起身，壓到了他的身上，將他們兩個的分身靠在一塊，並用手指摩擦。

「你為什麼這麼熟練？該不會不是第一次跟男人……」

「你在吃醋嗎？」羅澤笑著，一副刃刀有餘。

「我才沒……」話都沒說完，羅澤吻上了林齊，那親吻如同之前，帶著情慾的唾液與他交纏。

為什麼對男人的自己也可以？難道羅澤喜歡自己？

而為什麼自己也能夠對羅澤硬起來？難道自己也喜歡羅澤？

怎麼會……他從來沒想過這種……

忽然，羅澤加快了速度，來回套弄著，兩人同時間到達了高潮，那些白色混濁液體全部都在林齊的肚子上。

咦？這樣就結束了嗎？

林齊對性愛的認知，就是射精後結束，而兩個人都射精之後，那不就結束了？

可是男人之間不是要用到屁股嗎？這……

或許是他的失落與疑惑都表現在臉上，這讓羅澤又撲哧一笑。

「我還沒有要結束。」他這麼說完，伸手用指尖擦過了那些液體，沾濕了他的指尖，接著往下探去。

「啊！」林齊倒抽一口氣，感覺到自己的後庭被觸摸的怪異感覺。「等、等一下！」

「不要，等了你就又會猶豫！」羅澤倒是很享受看到林齊發窘的模樣，他的中指先在洞口周邊繞圈，接著一指節探入了裡頭。

「你、你怎麼……」

那感覺超級奇怪，林齊忍不住扭動身體想要脫逃，但是羅澤不知道哪來的力氣，讓林齊沒辦法逃離他的身下。

「或許我不用太溫柔？因為你說你不是女人。」羅澤嘴角上揚，他見到林齊這欲逃離的模樣十分興奮。

他不想要好好地對待他，想讓他也意亂情迷，露出那種泫然哭泣的求饒模樣。

所以，羅澤將手指猛然地伸進了林齊的後庭，這讓林齊呻吟了一聲，那感覺非常、非常奇怪，明明不適，可是又有種很怪的感覺。

「羅澤，我、我……」林齊抓住羅澤的手臂，指尖泛白陷入了他的肉中。「我覺得好奇怪！」

「怎樣奇怪？」羅澤就是想看到這樣的表情，他抽出了中指，又再次插入。

「不要、不要那樣動！」林齊扭著身體，不斷想逃離。

「你要先習慣我的手指，先讓我擴張，慢慢加入手指後，你才能容納我的。」

「等一下，那邊哪有辦法進去你那麼大的！」林齊害怕地說，但這時候羅澤原本出去的手指又再次插入，這讓林齊又痙攣了一下。

「我要放入第二根了。」羅澤預告著，又加入了食指。「你裡面變得很柔軟。」

「不用跟我一一說明，我自己知道啦！」林齊的手肘遮在自己的臉上，不敢看著羅澤的臉。

他能感受到後面放鬆許多，甚至對於羅澤的動作感到愉悅，還期待更多的碰觸。

但是他不知道，這樣真的好嗎？

他感到害怕，可是卻不知道真正怕的是什麼。

是兩個男人的肉體歡愉，還是說歡愉背後的意義？

是羅澤喜歡自己，還是自己喜歡羅澤？

林齊在此刻想不明白，全身的感官再次集中在下半身，羅澤將他的後庭擴張得十分柔軟，林齊也發出陣陣的呻吟，他不知道原來男人的後面也可以這麼有感覺。

「你到底是不是有過經驗？」林齊忍住快感。

「我沒有跟男人做過，你是第一個。」羅澤對於自己能這麼熟練，甚至還硬著的種種，都感到不可思議。

「那怎麼會……」

「大概是因為我想看你求饒的模樣吧。」羅澤又親吻了林齊一下，將手退出了他的後穴，接著拿起了一旁的套子，準備進入他。

「你真的要……？」

「林齊，你覺得都到了這一步，我能停下嗎？」羅澤看著他。「你又想要停下嗎？」

「但是……」

「拋掉男女的框架，拋掉我們原本的關係。」他將自己的分身挺在林齊的洞口，「你想要什麼？」

「我、我想……」林齊下意識地扭動了一下腰，當作了回答。

「很好。」羅澤一笑，挺腰進入。

那是一種很難形容的感覺，和當女人的時候不一樣，但是被羅澤撞擊的律動、快感還有興奮，卻是一樣的。

「好緊……」羅澤低聲，輕皺的眉頭顯示他的感受，那被全部包圍起來的觸感，是從未體驗過的。

「啊、啊……」林齊發出呻吟，快感陣陣襲來，讓他忘我地伸手抱住了羅澤。不柔軟的胸膛碰撞在一起，相互摩擦的感覺卻讓兩人更加興奮，林齊的分身前端不斷淌流汁液，沾染到羅澤的肚子，當他進出的時候也會摩擦著林齊的那根，這一切都讓林齊興奮無比。

很快的，他們兩個一同再次迎來高潮。

「我從來沒這麼快過。」羅澤一面擦拭著林齊肚子上的精液，一面拔掉自己的保險套。

「我、我自己可以擦。」林齊想要搶過衛生紙，但這時候才感覺到腰痠到不行，還有後面也有一點點的不適。

「還好嗎？別逞強了，我幫你吧。」羅澤笑著，又繼續幫林齊擦拭。

「……你到底在想什麼？」林齊問。

「什麼？」

「在知道林綺是我的前提下，又是追求、又是上床……是女生就算了，連我是男生了，你也和我上床，這到底是……」

「簡單來說，我喜歡你。」羅澤輕描淡寫地說出重磅消息，這讓林齊皺緊眉頭。

「你確定？」

「無論你是男是女，我對你都硬得起來，更重要的是，只有想著你的時候，我自慰才能變身。俊男說的性愛一體，透過性尋找愛，不就是這個意思嗎？」

「……所以如果不是因為靠想著我能變身，你或許都不會發現自己的心意？」

「誰知道呢，但既然俊男說過變身的原因是因為有愛的性的話，那答案不就很明顯嗎？」

見羅澤說的理性分析，聽起來沒有錯。

可是為什麼，林齊就覺得心理不太舒服呢？

♡

羅澤和林齊上床過後的隔天，必修課堂上開始了占分比重高的分組報告，兩個人瞬間投入準備報告之中，暫時沒辦法再管性愛這一塊。

班上的女神當然沒放棄纏著羅澤，所以這一次和羅澤同組。而女神對於林齊當天將她丟包在廁所這件事情不能理解，所以不理會林齊。

林齊和其他人同組做報告，在學校也因為課堂關係，所以和羅澤沒有太多接觸。

這讓林齊覺得很奇怪，好像兩個人上完那次床之後，就漸行漸遠。好像羅澤說喜歡自己之後就後悔了一樣，想把那晚的事情抹去，回到朋友……不對，連朋友都回不去了。

這讓林齊很後悔，早知道就不要跨越那一條線了。

「林齊，你要回去了？」同組的組員開完會之後，看見林齊背起了背包便問。

「對，我沒有課了。」

「但是羅澤有約吃午餐欸，你是等一下會再來學校嗎？」

林齊一驚。「羅澤有約？」

「對，在食堂啊。你們最近是吵架嗎？以前不是形影不離？」組員歪頭。

「是大家都會去嗎？」

「應該吧？」組員看了另一個組員，對方也點頭。

羅澤約了這麼多人一起去吃飯，唯獨沒有告訴自己？

這讓林齊的心情再次盪到谷底，這是不是很明顯，羅澤在和自己劃清界線呢？

或許是在情慾過去後，羅澤才有辦法認真思考與男人性愛這件事情背後的意義。

就算在同性婚姻合法的現在，這也是一件需要慎重考慮的事情。況且羅澤是個很受女性歡迎的人，他的家人對他一定也有傳宗接代的期待。

而且，他們又不是生來就知道自己喜歡男生，而是在遇到對方後，才發現原來自己是喜歡他的，這對周邊的人來說一定是巨大衝擊。

林齊想到這裡，忽然眼眶濕潤。

他，是喜歡羅澤的。

但是他卻不知道是本來就喜歡羅澤，還是說經由了這樣的變身後，才逐漸喜歡上羅澤。

可是就在他發現自己喜歡羅澤，卻也失戀了。

「林齊？」

「我、我有事情就先回去了。」林齊立刻轉頭，往停車場的方向跑去。

真是太白痴了，自己是女人嗎？為什麼要為了這種事情哭，這有怎樣嗎？

林齊騎上機車，卻不想回去宿舍，像是情傷的少女一邊含淚一邊往海邊的方向騎去。

俊男說到天使酒吧的人都可以找到真愛，他甚至還喝下了俊男給的調酒，以為找到了三上悠，卻發現對方就是羅澤。

他甚至都還在想自己就這樣和男生在一起好嗎的時候，羅澤就已經不理他了。

「既然這樣的話，那他就不是我的真愛了吧？這樣子我還會變身嗎？我還能變身嗎？」

他在海邊一邊喝著啤酒，一邊想著這些問題，還來不急思考愛的定義，就已經先嘗到了失戀的苦。

喝完了啤酒後才想到，自己是騎車過來的，於是他決定到附近走走，讓酒醒順便散心。

「請問，你是一個人嗎？」

當林齊走在沙灘上時，後頭傳來了女孩的聲音，是個濃眉大眼的清純女孩，她看起來有些尷尬，背後不遠處有另一團女孩子正往這看來。

「啊，是……請問什麼事情？」

「那個，我們從剛才就發現你一個人，我覺得你長得很可愛，我朋友要我過來跟你搭話……」女孩邊說邊紅著臉。「我叫做小庭，如果你沒有交往的對象的話，可以和我交換聯絡方式嗎？」

林齊從來沒想過會被搭訕，一直以來都是他和羅澤主動去和別人搭訕的。

「但我……」不知道為什麼，他想起了羅澤，於是下意識想拒絕，可是馬上又想到，他何必還在意羅澤呢？

「你、你有女朋友嗎？不好意思，打擾你了。」小庭覺得很糗，馬上往後退了兩步就要離開。

「不是，我沒有。」林齊趕緊說，從口袋拿出了手機。「我們可以交換……」

他看見了手機螢幕上印著羅澤的訊息。

『你人在哪？』

『中午怎麼沒有來？』

『人咧？』

『欸？』

一連串的訊息，還有幾通未接電話，光是看著這樣的文字，就足夠讓林齊淚光閃閃。

他怎麼變成這麼脆弱的人呢？難道就因為變成女生過，連同他的心思也一起變得細膩了嗎？

「請問……？」小庭的手機已經拿著，等著林齊的動作。

「啊，抱歉。」林齊點開了自己的 ID QR Code。

就在這時候，手機響了起來。

來電人就是羅澤，這讓林齊下意識掛斷，然後趕緊加入了小庭。

「我叫做林齊。」

「謝謝你，那……你好像在忙，我們有機會再聯絡。」小庭微笑，識趣地離開。

她往後頭的朋友群走去，比了勝利的手勢，那群朋友也為她歡呼。

而手機又傳來了振動，鍥而不捨的羅澤再次撥來。

「喂……」

『為什麼不接電話也不回訊息？還掛我電話？』羅澤劈頭就是先一連串的質問。

這讓林齊覺得很生氣也委屈。「你自己不是約大家吃飯，又沒有約我，幹麼啊？」

『我沒約你？你再講一次我沒約你啊！』

「你有約我嗎？」

『你自己回去看訊息，之前不是就講過今天要在食堂！』羅澤聽起來有些生氣。

『你就為了這件事情生氣？』

「我、我沒有生氣啊。」林齊一邊說，一邊趕緊回去翻訊息，才發現羅澤真的有約自己，是自己忽略掉了。

『那你現在在哪？』

「我在……海邊。」

『海邊？』羅澤愣住。『為什麼跑去海邊？離我們最近的海邊騎車過去也要四十分鐘耶。』

「我就只是想看海吹風啊。」

『看海吹風？』羅澤提高音量重複，覺得很不可思議。『你是怎樣？怎麼會想要去看海？』

「也沒怎樣……」林齊看著眼前的海浪沖刷，覺得自己站在這邊好像有點蠢。

『我過去找你。』

「咦？來找我？不用啦！」

『那附近有一間還不錯的海產餐廳，反正你也還沒吃吧？我們一起吃吧。』

「羅澤，你不用……」

『我要。』羅澤說完之後，就逕自掛斷了電話。

林齊看著螢幕，剛才空蕩的心，頓時像塞進了什麼一樣，滿了一些。

第九章　我最親愛的

林齊在海邊等得有些冷了，他轉而進去一間咖啡廳。

很不可思議的是，剛才還心亂如麻的感覺，卻因為羅澤的一通電話，就讓他的心情平靜不少。

點了一杯熱拿鐵，他看著窗外的海浪，靜下心來，想著和羅澤這些年的種種。

林齊的第一次是國中和學姐在社團教室糊裡糊塗就發生的，他有聽過人家說學姐暗戀他，但他沒有想到學姐會主動地脫下自己的衣服，並且誘惑林齊。

國中的男生怎麼有辦法忍受視覺與感官的衝擊呢，所以林齊在根本不確定自己是否喜歡學姐的情況下，就與學姐發生關係，並且在之後隨波逐流地交往了一段時間。

學姐當初是真心喜歡林齊這位可愛的小學弟，但是當學姐畢業後，很快就被更大的男生給吸引了，這邊更大指的是年紀，比較成熟，並不是小林齊的問題。

然而學姐提出分手後，林齊也沒有多大的哀傷，他才發現自己原來一直沒有很喜歡學姐，只是喜歡和學姐上床的感覺。

第九章 我最親愛的

升上高中後，林齊和聯誼認識的女生發生關係，這是他人生的第二個對象，然而這個女生並不像學姐一樣，對林齊抱有愛慕之心，所以當她看見林齊的大小時，毫不掩飾地皺了眉頭。

「好小喔！」

林齊永遠忘不了當初那女生的這句話，他的經驗不多，也沒有和其他人比較過，根本不知道自己的尺寸在他人眼中是怎樣。

而眼前的女生一邊笑，一邊說著：「小也沒差，技巧好就行。」

不過林齊哪有什麼技巧，過往都是學姐領導著，所以他笨拙地動著，這讓那個女生的不滿全表現在臉上。

和第二個女人的性經驗並不好，後來他又交了一個女友，兩個人在一種莫名的情況下就決定在一起，連開始的那天是哪天林齊都不確定，而女友是初體驗，所以並不知道林齊的技巧或是大小是如何，無從比較啊。

直到某天，女友和朋友聊天的時候，才發現原來林齊似乎不太行。

如果兩個有深厚的感情基礎，性關係不協調，並不是太重要……嗯，至少不會在短時間內影響到感情。

但是兩個人本來就是莫名開始交往的，這讓女友越來越好奇正常的性愛該是怎樣？從朋友嘴巴中聽見的「高潮」兩字彷彿就是未知世界，她想嘗試，又不好意思跟林齊開口。

潛意識，女友也覺得林齊辦不到。

於是兩個人就這樣逐漸分開，結束跟開始一樣，都莫名其妙的。

林齊搞不太清楚，所謂的「愛情」該是什麼樣子，他接觸的順序有些錯誤了，並不是先體會到愛才發展到性，遭遇學姐的背叛，他也因為無愛而沒有太多的傷感，後續又發展了太多無愛的性，這讓林齊還沒學會愛人、還沒意識到被愛、也沒感受到戀愛的酸甜苦辣，就已經先嘗到了性的快感。

重點是，那些性的經驗還不是太好，並沒有從性裡頭發展出愛，反而導致他更加困惑。

於是後來，林齊想，既然搞不懂戀愛，性在某種程度上又還算是舒服，所以乾脆就享受那些吧。

年輕的人，腦子裡不會去思考太深奧的事情，活在當下才是他所信奉的。

於是，林齊在高中三年內，雖然也交往過幾任女友，但大多時候會與其他女孩僅擁有肉體關係。

話說，到底從哪找到這麼多可以上床的對象，這一點也是很匪夷所思，或許每個人都在找尋愛，卻又不知道尋找愛的正確方式，寬衣解帶變成了最容易的路了。

都獻出了身體，應該就是愛了吧？

或許有些人會這麼想，也就這麼做了。

這種事情不可能和長輩討論，在摸索的階段，一定都是找與自己一樣懵懂卻又裝懂的人討論，於是一群無頭蒼蠅自認找到了愛的定義，但多年過去，在愛裡受傷、頭破血流、爬起、痊癒後，才真正找到了通往愛的道路。

這些，我們稱為成長。

只是這段成長的過程，有時候很久，有時候很痛。

有時候，即便我們身體已經成熟到可以生孩子了，經濟穩定到了已經可以養家庭了，我們，還是不懂愛。

升上了大學，林齊遇到了羅澤，一開始只是因為正好坐在旁邊，所以兩個人才開始聊起天來。

羅澤大概就是林齊夢想中的男人該有的模樣，帥氣、高大、穩重。如果人生像遊戲一樣可以選擇外表，那他一定就會選擇羅澤這樣的外表生活。

想來，羅澤大概很懂愛情吧？像他這樣聰明的男生，一定沒什麼事情可以難倒他。

想什麼。

之後的幾次聊天下來，兩人十分投機，無論是興趣還是話題，都可以了解對方在想什麼。

林齊從來沒有交到像羅澤這樣閃亮的朋友過，他對羅澤有一種像是對偶像的崇拜一樣。

「要不要去哪玩玩？」羅澤第一次對林齊發出邀請，是在他們系上的新生晚會結束之後。

大夥兒們意猶未盡，羅澤提議可以去夜店，林齊還沒去過，於是興沖沖地跟著去了。

也就是在那裡，林齊第一次看見羅澤和別的女人做出了親密的舉動，那甚至還不是班上同學，而是在夜店搭訕來的。

他們在舞池熱吻，羅澤的手還摸上了對方的屁股，這讓林齊瞪大眼睛。

隨後羅澤就和對方先離開了，剩林齊和班上的同學們傻愣愣地繼續在夜店裡。

「哇，羅澤好猛，果然帥哥就是不一樣。」

「我還是第一次親眼看見有人這樣就去開房間了。」

幾個同學們起鬨著，林齊問：「他們真的就去開房間了嗎？」

「不然呢？難道去喝咖啡嗎？」

「羅澤才剛升上大一就這麼猛，不知道性經驗是不是已經很多了。」

「不會問他嗎？」

「明天來問問看。」

男生們七嘴八舌地，十分興奮，女同學們則是白眼翻翻。

而林齊在這時候，對羅澤有了另一種奇怪的想法。

就是，或許羅澤，很懂愛情。

或許林齊跟著羅澤，也能學到什麼是愛。

♡

「噗哈哈哈哈，你再說一次？」羅澤笑得誇張，睫毛似乎都還沾染到淚水。

「我說……」

「你問我什麼叫做喜歡？」結果林齊還沒講完，羅澤馬上重複剛才林齊的問題。

「對啊……」林齊有點尷尬。

「你是小學生嗎？還是國中女生？」羅澤笑到不行。「怎麼會問這樣可愛的問題？」

「就是因為不知道，所以才問啊。」林齊左右張望，兩個人現在在校園便利商店外的座位區，周圍坐著許多人，這讓林齊很擔心別人會不會聽見自己的幼稚提問。

「但是為什麼會問我？這種事情應該要去問女生吧？」羅澤喝了一口果汁，露出了微妙的表情。「好怪的味道。」說完後就把果汁推給了林齊。

「因為你感覺性經驗豐富。」林齊看著那被推來的果汁。「你不喝？」

「給你喝。」羅澤聳肩。「性經驗豐富不代表戀愛經驗豐富啊。」

「是這樣嗎？」林齊也喝了口果汁，味道甜甜的，還算可以。

「當然，你不會傻到以為要有愛才能上床吧？」

「當然不是，只是我以為別人不一樣。」林齊皺了眉頭，把自己的經驗一股腦兒地都告訴羅澤。

羅澤聽完之後，只是點點頭說：「就算搞不清楚是不是愛情，有什麼關係嗎？」

「咦？」

「這很重要嗎？反正你和人交往最後也是上床，那一開始就上床，不就好了嗎？跟有沒有愛有關係嗎？」

沒想到會聽到這樣的說法，難道是沒關係的嗎？

「而且學生階段本來就都還在摸索，就算搞不清楚也沒關係吧，你情我願就好。

話說回來，如果真的遇到某個人，到時候就會自然就知道了吧？」

「你的意思是說，真的有天遇到喜歡的人，自然就會知道了嗎？」

「我是這樣想的。」羅澤帥氣地下了結論，林齊則是思考這一段話。

看著眼前單純的林齊，羅澤忍不住鬆一口氣。

他不過是在耍酷罷了，什麼是喜歡、什麼是愛，欣賞和喜歡有什麼不同，這種國中女生才會問的問題，羅澤直到現在也搞不清楚。

他甚至覺得，他應該是博愛座，每個女生他都喜歡……更正一下，是每個還沒跟他上過床的女生他都喜歡，一旦上床之後，羅澤就失去了興趣。

所以某方面來講，他或許沒有喜歡上任何人，也可能一輩子都不會喜歡上任何人吧。

但是這很重要嗎？反正做愛很舒服，而且世界上的女人這麼多，所以他大可繼續過這樣的生活下去。

在這之中有沒有愛，一點都不重要。

不過眼前的林齊明明是個男生，卻會在乎這種女生才在意的事情，這讓羅澤覺得有點好玩。

「以後如果我要出去玩，就帶你一起吧？」

「出去玩？去哪玩？」

羅澤忍不住一笑。「是另一種意思的玩。反正多跟幾個人上床，總會遇到一個特別合拍的吧？」

「這意思是……」

「特別合拍的，說不定就是愛情了。」羅澤膚淺地下了結論，但是林齊卻認為很有道理。

於是之後，兩個人便會開始一同出遊，一起釣妹子、開房間，周旋在眾多女人之間，性經驗變多了，對愛的定義卻更模糊了。

更何況，林齊的尺寸，實在是很難遇見合拍的，但是性經驗的累積，還是讓他手指技巧越發純熟，在性事上偶而還是會遇到合拍的。

只是，他總覺得不是那樣，雖然說性合拍在愛情中也很重要，但不是合拍就表示那是愛情。

林齊對愛的疑惑還沒有解開，卻有了更多的性關係，好像順序都搞錯了一樣，使得他更加迷糊了。

於是，才有了後來在天使酒吧喝醉抱怨，最後被俊男下藥，有了可以變男變女的體質。

以為這樣會更理解愛情是什麼，就在以為找到了真愛的時候，卻發現對象居然都是羅澤。

有沒有搞錯啊，這樣會是愛嗎？這怎麼會是愛？

因為俊男說，性如果合拍就有機會發展成愛，而羅澤則說性合拍就是愛。

那無論林綺還是林齊，和羅澤與三上悠都合拍，不就表示是愛？

可是林齊之前明明質疑過這種說法，怎麼可能在這種時候，就變成是愛了呢？

「你是笨蛋嗎？」

「啊？」

當他把這些想法告訴羅澤，卻換來了這樣的評語。

羅澤把蝦子沾上厚厚的芥末，一口塞進去嘴裡。

「我說，你是笨蛋嗎？你還在想什麼是喜歡、什麼是欣賞這種事情嗎？」羅澤調侃，想起了大一的時候，林齊曾經這樣問過自己。

「我的這個問題一直都沒有找到答案。」林齊搖頭，根本吃不下。

「你太執著性與愛這種事情了，我不是說過，遇到了自然就會知道？」

「所以你知道了？」

「我知道了啊。」羅澤看了林齊一眼，這讓林齊的心裡有些癢癢的。

「但、但我不知道啊！」

「俊男不是說過了，要和喜歡的對象達到高潮，才能夠變性，所以你還不夠清楚嗎？」

「我不想靠天使的變身條件來判斷自己的心情。我是說，我自己都沒有想明白，憑什麼天使就懂？」

「因為他們是天使啊，算是神了吧？等等，東方世界為什麼有西方的神出現？這點倒是更奇怪。」

「噗，不然由月老來調酒嗎？感覺很奇怪。」林齊忍不住笑出來。

「月老說不定也是年輕人啊。」

「等等，話題往奇怪的方向去了。」

「所以說啊。」羅澤夾起了一塊魚肉放到林齊碗裡。「不然這樣子吧，不要談性，不要上床，我們就單純地相處個十天吧？」

「十天？」

「對，跟以前一樣，一起上課、下課、出去玩。」羅澤頓了下。「二十四小時。」

「二十四小時？」林齊大喊：「以前可沒有二十四小時過！」

「為了幫你這個笨蛋釐清自己的感情啊。」羅澤一笑。「所以不要性，我們就相處，這樣子你應該就能明白了吧。」

「等一下，羅澤，我一直想問你……我是男生、你也是男生，為什麼你會這麼容易就接受？」

「什麼？」

「我是說……你的論點聽起來好像是……覺得我們兩情相悅一樣，但是我們都是男生，以前也都跟女生發生關係，為什麼你就因為傻男的藥物，而就這樣接受自己喜歡、喜歡我？」

羅澤喝了一口果汁，露出怪異的表情。「啊，真是怪味道。」然後把果汁推給了林齊。

林齊皺眉，但還是喝了下去。「我覺得很好喝。」

「呵。」羅澤搖頭，輕輕微笑。

「我就是知道。」

在遇見的瞬間，或許還不會知道，但是在很久以後回想起來，原來在那個時候就已經開始了。

♡

雖然好像有點愚笨，不過林齊接受了羅澤的提議，畢竟也不能有事沒事就變男變女，還得要生活啊。

但更重要的是，不能一直逃避下去。

他們總是要面對彼此，正確來說，是林齊要面對，畢竟羅澤好像已經接受了。

所以說，他們要展開十天的同居生活，把順序好好重新整理一下，不是先上床，是先談感情，而在談感情前，要先釐清自己的感情。

「所以說，請多指教啦。」羅澤帶著一個輕便的包包，出現在林齊的租屋玄關，還一臉燦笑地將食指中指合併，放到了額頭上敬禮。

「感覺很奇怪。」林齊手抓住自己的臂膀，莫名的有些害羞。

「有什麼好奇怪的。」羅澤脫下鞋子，不過卻停頓了一下。「不過既然你會覺得奇怪，表示你開始在意了。」

「什……」林齊紅起臉。

「不對，你早就在意了。」羅澤壞壞地一笑，脫下鞋子後踏進林齊家中，經過他身邊時還伸手揉了他的頭一下。

「你不要用這種方式對我啦！」林齊轉過頭對羅澤吼，只換來他的哈哈大笑。

二十四小時都在一起，具體來說是怎樣？

一定很快就會對我做色色的事情吧。

林齊心裡這麼想，兩個人畢竟都是男生啊！

今天是假日沒有課，時間也已經下午，兩個人待在房間實在太危險，林齊想著應該要出去，才不會又被吃掉。

可是如果問羅澤要不要出去，會不會被以為是邀請約會？

奇怪了，以前兩個人是怎麼相處的？做些什麼才不會有所遐想或是被誤會？怎麼以前很簡單的事情，當自己意識到的時候，就做什麼都不對了呢？

「要不要去書店？」

正當林齊還在苦惱的時候，羅澤已經放好自己的東西，發出了邀約。

「欸？」林齊愣住，書店是不是就不曖昧了？不對，從羅澤口中說出來，怎麼樣都顯得很不妥，感覺羅澤會在書店裡頭對自己上下其手。

「去、去書店做什麼？」

「買書啊，教授不是說這次原文書自己買？」羅澤皺眉。「你忘記這件事情？」

「還、還真的忘了。」原來是自己想太多！林齊真想找個洞鑽。

「有夠笨的。」羅澤大笑。「買完書後順便去吃公園旁的拉麵吧。」

「啊，那家的味噌拉麵超好吃的。」聽到吃的，林齊警戒的心立刻鬆懈下來，露出了貪吃的模樣。

「某種程度來講，你也很單純呢。」羅澤挑眉。

「什麼意思？」

「沒什麼，快走吧。」羅澤聳肩，嘴角的弧度一直沒有下來過。

他們往書店的方向走去，一路上兩人並沒有特別靠近，這讓原本還擔心羅澤會在大馬路上牽他的林齊鬆了一口氣。

不，不能掉以輕心，羅澤這個腦子長在下半身的人，一定會逮到機會就亂摸自己。

沒錯，林齊用力點頭，一定要隨時保持戒心才行啊！

所以在書店裡，林齊都繃緊神經，羅澤一點小動作他就如驚弓之鳥一樣反應很大，但羅澤別說碰他了，連距離都比社交距離還要遠。

或許是因為即便是公眾場所，就算羅澤說了喜歡自己，但畢竟現在也是男人身分，他不可能用男人的模樣和自己親密吧！

雖然他自己也覺得男生身分的兩人很奇怪，但如果羅澤也在意這一點，就會讓林齊有些失落。

這是什麼心態，我可以他不行？

嗯？這是什麼感覺呢？

「林齊，發呆啊？」結完帳的羅澤喊了聲：「再不快去拉麵那裡，等等人多就要排隊了喔。」

「啊，等我一下。」林齊趕緊也跟著結帳，匆匆跟上羅澤。

好在拉麵店還沒開始排隊，點好餐後兩人入座，林齊笑了一聲說：「我記得以前我們第一次來的時候，你原本還不想來呢。」

「因為我想說拉麵不都一樣，為什麼要花那麼長的時間排隊。」羅澤聳肩。

「我記得你心不甘情不願地跟著我來，最後還不是讚不絕口。所以說不要因為排隊時間長就放棄啊。」

「是是是。」羅澤笑著點頭，拿起了筷子。

「不過，你這麼討厭排隊，為什麼那時候會答應跟我一起排隊？」

這個問題讓羅澤一愣，挑起了一邊眉毛，然後露出微笑。「是啊，為什麼呢？」

「是我在問你呢。」林齊大口吃了麵條，果然很好吃啊。

「因為有個人拍胸脯保證一定很好吃，而且淚眼汪汪地求我，就想說怪可憐的，只好答應他了。」

「是誰淚眼……」林齊一時間沒聽出來羅澤在說自己，還疑惑地想說當時還有別人和他們一起吃麵嗎？忽然意會到羅澤說的是自己，立刻紅起臉大喊：「誰淚眼汪汪求你啦！」

這大聲一吼讓其他客人都看了過來，羅澤笑著比了噓，林齊也趕緊埋頭吃麵。

「我才沒有淚眼汪汪求你。」

「但是在我眼裡看起來，你就是淚眼汪汪的模樣。」羅澤笑了起來。

那個時候，林齊在他眼裡看起來就是如此，覺得林齊可愛，也覺得拒絕他很殘忍。

只是那時候的羅澤根本沒有去想，為什麼他會覺得林齊可愛。

被世俗的觀念所影響，所以從來不會把同性別的人當作戀愛對象，當然也就不會去思考，覺得同性別的林齊可愛這件事情背後所代表的意義。

羅澤自嘲地笑了一聲，原來先喜歡上對方的，是自己。

吃完拉麵，兩人到附近的公園散步，消化一下。

「這個書很重。」林齊將紙袋換到左手，而羅澤接了過去。「幹什麼？」

「很重的話，我就幫你提啊。」

「我又不是女人，不需要幫我。」林齊皺眉。「我一直想說，你是不是把我當女人對待啊？」

「為什麼這麼說？」

「你會摸我的頭，還會幫我提重物。這不是對待女人的方式嗎？」林齊有些不高興。

「怎麼會限定女人。」

「不然呢？」

「這是對待喜歡的人的方式才對。」

沒想到羅澤會這樣說，讓林齊突然紅了臉。

「沒想到你會這麼直接。」

「我在想，面對你還是直接一點好。」羅澤笑了。

啊，就是現在這種氣氛吧。

凝視著彼此，又說了「喜歡」，一整天都沒有碰自己的羅澤，現在在這人煙稀少的公園，在這氣氛絕美的時刻，一定就是了吧！

於是，林齊閉起眼睛……

他閉上了眼睛，想像著羅澤的親吻。

他會用什麼樣的方式吻自己？是輕柔的，還是激烈的？

這是他第一次不是在床上的地方被羅澤親吻，林齊的心情十分緊張，卻又期待……

但是他卻聽到羅澤這麼說，這讓林齊猛地睜開眼睛。

「你在做什麼？眼睛痛嗎？」

「什……」

林齊立刻假裝揉了鼻子。「對，沙子吹到眼睛，但現在沒事了。」

羅澤正一臉疑惑看著他。「沙子吹到眼睛嗎？需要去買眼藥水嗎？」

「你確定？千萬不要去揉喔，不然很有可能弄傷角膜。」羅澤認真地給建議，甚至說起了自己小時候因為揉眼睛導致角膜炎的過往。

可林齊只覺得糗爆了，他到底在想什麼，怎麼會選擇閉上眼睛，他又不是女人！

不對，他怎麼又想到是不是女人這件事情上面了，如果根據羅澤的觀念，他這樣的態度是對待自己喜歡的人，與男女無關。

那，選擇閉上眼睛的林齊，難道真的對羅澤……

不不不！

「你又在做什麼了？」羅澤笑了下，但那笑容卻非常狡猾，瞬間林齊意會到，剛才羅澤明白自己閉上眼睛在等待什麼。

「你好過分。」

「我又怎麼了，我什麼也沒做啊。」羅澤聳肩，卻握住了林齊的手。「我就只是喜歡你而已。」

這大概是羅澤最直球的說明了，林齊還想要反駁，但是卻被掌心發燙的溫度熱得說不出話來。

不用十天，光是第一天，他的心臟就已經快要受不了了。

是不是不要再糾結男女，而是老實地說出自己的心意？

哪有人在身體都交融了之後，才在確認自己的心意呢？

在現代的社會中，肉體的交流變得容易，可是心靈卻越發遙遠。他在性之中尋找到了愛，並且幸運的是雙方都有同樣的感覺，林齊是不是應該要感謝俊男，幫他實現了願望？

所謂的「眾裡尋他千百度。驀然回首，那人卻在，燈火闌珊處」，就是這樣的感覺嗎？

不，自己文縐縐幹什麼，不就是遠在天邊近在眼前嗎？

「羅澤……」林齊鼓起了勇氣，回握了他的手，感受到林齊的回應，讓羅澤有點小驚訝。

他抬起頭，看著羅澤，那雙眼些微濕潤，又帶著強烈的渴求。

渴求什麼呢？

「你真的……喜歡我嗎？」林齊顫抖地說著，那聲音在空曠的公園之中輕微的彷彿隨風散去，但卻是林齊鼓起了莫大的勇氣。

他期盼在這昏暗的公園之中，羅澤不要看清自己發燙的雙眼，可是他卻無法移開視線。

他渴求羅澤的愛。

「我喜歡你。」羅澤正色，從未如此認真。

或許就是因為不愛女人，才會流連在眾多女人之中。

或許就是因為喜歡林齊，才會一直與他當朋友。

邱比特傻男是不是看穿了這一點，才會把他們兩個都變成另一種性別，讓他們能夠發現彼此呢？

「那你呢？」羅澤反問，抓起了林齊的手背放到自己的嘴前，輕輕親吻。

這吻又輕又柔，像是羽毛輕輕搔過了肌膚表面，本來該是沒有感覺，但卻讓林齊起了雞皮疙瘩，從羅澤吻到的地方蔓延至全身，興起的不是慾望，而是被愛的滿足。

「我、大概、也……喜歡你吧。」

「呵。」羅澤一笑。「為什麼要用假設語氣。」

「因為……哇！」

話沒說完，羅澤將林齊拉到自己的懷中抱個滿懷。

「等、等一下，有人在看！」林齊掙扎，紅著的臉像是蘋果一般，渾身被羅澤的體溫與氣味包覆。

「沒人在看啦。」羅澤將他緊緊抱在胸前，像是怎樣都不夠一樣。「就算有人在看，我也不在乎，我不會放開你的。」

林齊的眼眶濕潤，他所擔心的現實層面，同學、朋友、家人會怎麼看待他這段戀情，在羅澤面前，彷彿都不重要。

天塌下來，在羅澤的懷中都很安全。

這瞬間，他們心意相通。

兩個人在公園擁抱了一陣子後，陷入了沉默。

「那個，羅澤，你……」林齊覺得很不好意思。「硬硬的東西頂到我了。」

「是你頂到我吧？雖然小，但是存在感很夠喔。」羅澤訕笑。

「我、我才沒有！」

「畢竟我們都是男人，這很正常啊。」羅澤看著懷裡的林齊。「況且你不是期待朝著這樣的發展一整天了嗎？」

「什、什麼！」沒想到被看穿了。「那是因為你老是動不動就要上床，所以我才……」

「好了～～別狡辯了，我現在就來實現你的願望吧。」羅澤說完，低頭親吻了林齊的唇。

輕柔、溫暖，彷彿蜻蜓點水一般的純情。

這樣的親吻，遠比深入還要引人遐想、還要色情。

「這……」林齊紅著臉看著羅澤。

「怎樣？」他惡趣味地笑著。

「這樣一點都不夠啊。」

「我知道，所以我們回家吧？」

明明剛才還是純情的狀態，怎麼現在又要走向限制級劇情呢？

但是……沒有愛都有性了，確定了愛之後，怎麼能不走向性呢？

「如果變換性別是為了讓我們找到真愛，那或許心意相通後的我們就不會再轉變了。」羅澤的話不無道理，林齊沉思著。

第九章 我最親愛的

「你和我想的一樣嗎？」他問羅澤，而對方露出的笑容十分猥瑣。

「一定是一樣的吧，你說說看，你想什麼呢？」

「怎麼不是你說啊。」

「為什麼什麼都要我說呢，小林齊也該長大啦。」

「你這句話有沒有雙關？」林齊蹙眉。

「哈哈哈。」羅澤大笑。「在完全變成男人之前，我們得好好再次用女人的身體享受一下才是。」

「嗯……果然被你講出來還是很不好意思。」林齊咬唇。「但我們現在都是男人，等等是要誰先當女人？還是說……」

「不要想太多。」羅澤搖頭。「反正就是做到精盡人亡就對了。」

「噗！」林齊爆笑出聲。「你有那本事嗎？」

「你小看我嗎？」羅澤挑眉，接受挑戰。「那可以來試試看，無論是林綺還是林齊，我都能操到你哀哀叫。」

「真是有夠難聽。」林齊甜笑，這種淫穢的話語，聽在愛人口中都是甜膩。

第十章　詛咒解除時

有沒有做到精盡人亡是不知道，但那個晚上兩個人的性別倒是變來變去的。反正不見得要合體才能變身，只要想著對方自慰也行。

多少人能夠像他們一樣擁有這般幸運的體質，可以感受到不同性別的快感，他們真的要好好感謝俊男才是。

就在兩人終於處理完性慾這塊，再也射不出來後才想到，這變身的能力好像還沒消失，是不是應該回去找俊男呢？

「或是也就不需要去找他，讓這個特殊能力繼續在我們身上。」羅澤明明做了整晚，但看起來精神還是很好。「只要運用得宜，這樣變身也蠻方便的。」

「我可不想。」

「為什麼？」羅澤又開始親吻起林齊。

「雖然女人的身體有很多奧妙之處，但我出生就是男人，還是想當男人……」

「但是當女人對你來說比較方便不是嗎？」

「什麼啊，所以你還是想要女人喔？」林齊聽了有點不高興。

「不是，你沒聽清楚，我是說女人的身體對你來說比較方便吧？不用做很多事前準備，咻的就進去。」

「說什麼啊，女人也是需要前戲啊，直接進來也是會痛的好嗎……」忽然林齊覺得哪不對勁。「欸，等等，你這些前提都是我被你上啊？」

羅澤挑眉。「不是嗎？」

「當然不是！仔細想想昨天太隨波逐流了，為什麼每次都是我被你上，也要換過來啊。」

「有啊，你是林齊，我是三上悠的時候不就反過來了嗎？」羅澤明知道林齊不是那個意思。

「不不不，反過來，現在換我來抱你！」林齊說著就壓上羅澤，但是被羅澤輕易的推開。

「想上我？下輩子吧！」羅澤反手將林齊壓在身下。

「太不公平了吧！」林齊紅起臉，怎麼這麼容易就被壓著啦！

「沒有什麼公不公平的，你就是一隻貓。」

「什麼貓！我才不要！」林齊用力推開羅澤，他笑著坐到一旁。

「如果想要變回原本的性別，那我們首先就要先回去天使酒吧找俊男吧。」

「你說的沒錯……俊男這能力還真不方便，那如果有人不回去找俊男解除呢？這樣不就天下大亂？」

「我想俊男應該不會常常把人改變性別吧？他不是說這算是作弊嗎？要是可以變身的人太多，被發現的話，俊男可是要被革職的。」

「邱比特的革職不知道是什麼，普通天使嗎？」林齊好奇，而羅澤只是聳肩。

「既然晚上都要去找俊男了，就再享受最後一次吧。」羅澤套弄著自己的分身，使其最後變成了三上悠，那豔麗又性感的模樣舔了唇。

「羅澤……妳有發現其實妳很適合當女人嗎？」原本以為已經硬不起來的林齊，見到她這模樣，又挺立了起來。

「嗯～～但我更喜歡男人的自己囉。」三上悠嫣然一笑，張口含住了林齊的分身。

「唔……」

林齊頓時都無法思考了，在夜晚來臨前，就再來幾次吧。

♡

第十章 詛咒解除時

夜晚很快就來臨，兩個人特意變成三上悠以及林綺的模樣，穿著性感地來到了天使酒吧。

俊男見到她們這樣，差點爆笑出聲，不過他努力裝作不認識，並且使了眼色要她們也別過來打招呼。

三上悠心領神會，拉住了沒意會到俊男眼神意思的林綺，兩個人來到一旁的站立桌子，期間幾個男人都靠過來請酒搭訕。

「我們是一對的，所以沒有興趣喔。」三上悠很熱衷每當有男人來搭訕時，就會這麼回應，有時候甚至會親吻林綺的嘴，讓男人們知難而退。

「一對的不錯啊，我們也是可以一起玩。」但當然也會有這樣越挫越勇的變態，眼前的兩個男人不肯離開。

「怎麼辦啊？」林綺有些擔心，小聲地問。

「有什麼好怎麼辦的？」三上悠不懂林綺怕什麼。

「因為我們現在是女人，打不過……」

「就算是男人也不見得就能打得過啊，而且變成女生後，連心態也女性啦？」三上悠覺得很容易受影響的林綺就是這點可愛。

「不要無視我們自己竊竊私語啊。」其中一個男人勾上三上悠的肩膀。

「是啊，我們可是很想加入妳們呢。」另一個男人則摸上林綺的屁股。

「呀！」林綺發出了驚呼，而三上悠眉頭一皺。

「想不到天使酒吧也有這樣不入流的客人啊。」

「妳說什麼？」勾著三上悠的男人皺眉，十分不悅。

「我還得要再說一次嗎？你們這種找到機會就想吃豆腐的爛貨，回去照照鏡子吧。」三上悠嘴上可不會留情，這些話激怒了兩個男人。

「妳這臭……」

「先生，有什麼問題嗎？」忽然，俊男擋到她們面前。

時機可真剛好呢。

這也是三上悠不害怕的原因，在天使酒吧鬧事，只能說這兩個人太笨了，再怎麼樣，俊男一定會保護她們，天使們也會維持酒吧的和平。

「我們只是和朋友們說話，這樣不行嗎？」但是兩個臭男人給他臺階還不下，俊男只能嘆氣。

「請問、到底有什麼問題？需要幫忙嗎？」下一秒，一個嚴肅的聲音從後方傳來，兩個男人還想大聲說話，但是一回頭，看見高大又魁武的外國人後立馬縮了。

「什麼爛店！我們走！」還不忘要撂下狠話。

林綺記得眼前這高大的外國人，是俊男的主管。俊男帶著假仙的笑容，對著她們兩位說：「很抱歉讓小姐們受驚了，本店會招待兩位小姐飲品，需要什麼請跟我點就好。」

俊男的主管眼神在兩個人身上打轉，接著又看了俊男一眼，然後再對她們兩個頷首。「請兩位玩得愉快。」說完後就繼續去巡視其他地方。

三個人偷瞄主管已經走到別處，俊男才對她們兩個使眼色，跟著他來到另一間單獨房間。

不過林綺又看了一眼主管的背影，總感覺，主管並不是不知情，只是睜一隻眼閉一隻眼呀。

「哇賽，妳們兩個是怎樣，怎麼還是女生？」俊男有些疑惑。

「什麼意思?我們已經心意相通，但還是可以變身，所以來找你了。」三上悠簡單扼要。

俊男有些疑惑。「妳們心意相通後，應該也做了不少次吧？各種性別搭配都做過了吧？」

「是做過了啦……」林綺有些害羞。

「還做了好幾次，可以的話我是想這樣一輩子啦，但林齊堅持要恢復男人的身體。」三上悠聳肩。

「先感謝兩位讓我業績長紅，我這一次績效很讚，獎金不少喔。」俊男說起當他們配對的人成功相愛時，他們會自動得到積分。「所以當妳們心意相通又做愛之後，這藥效就解除啦。」

兩人聽聞後面面相覷，共同的疑問是：「那為什麼我們現在還是女生？」

「對啊，所以我也很疑惑，妳們怎麼會用女人的模樣過來。」俊男歪頭。

「該不會是你藥效過期了吧？我們永遠都會這樣性別變來變去了？」林齊雙手放在臉頰邊慘叫。

「不可能啦！我哪有可能犯這種低級錯誤。」俊男趕緊否認，可是略微慌張的模樣讓林齊更是不安。

「你剛才問我們各種性別搭配都做了，是表示要每種性別都做過之後，才能恢復原狀嗎？」羅澤倒是冷靜地思考。

「對，兩男兩女，或是妳女她男、妳男她女都要一輪，這樣子才會恢復。」俊男的恢復條件倒也是挺低級的。「但妳們都試過了沒道理沒有恢復啊。」

「條件就這樣嗎？有沒有更細節的？像是姿勢什麼的。」羅澤又問。

「不會管姿勢啦，哪有管那麼多。」俊男擺擺手。

「要是有管姿勢的話那也太扯，不如開放讓人觀摩。」林齊翻白眼。

「不過說到姿勢……」俊男像是想到什麼，轉過來看著她們。「妳們用男生的身分做愛時，誰插誰？」

「邱比特這樣講話好嗎！會不會太難聽？」林齊紅起臉怪叫。

「有差嗎？」俊男翻白眼。

「你猜猜？」羅澤倒是好奇俊男看不看得出來。

「嗯……那我大概知道妳們為什麼沒有變回來了。」俊男搖頭。「我看應該都是林齊被壓在下面吧。」

「也是有讓她在上面搖啊。」羅澤澄清。

「我的天啊，閉嘴！」林齊抱頭。

「但是這有關係嗎？」羅澤皺了眉頭。「該不會……」

「是啊。」俊男露出曖昧的笑容。「所謂各種性別都試過，也表示攻受都要輪流，這樣才能恢復原本的性別。」

林齊聽到這一句，整個亮起眼睛。

「我想我可以一輩子男女互換沒有問題。」羅澤立刻微笑回應。

「欸！我不行啦！」林齊馬上勾住羅澤的脖子。「看！就說要交換，死不給我換，這下子一定要換了吧！」

「沒有一定，我不需要。」羅澤拒絕。

「為什麼這麼排斥啦！」

「因為感覺好像很痛。」

「我又不大，不會痛啦！」林齊連哄帶騙。「妳就當是在大便就好。」

「聽起來一點都不浪漫耶。」俊男皺眉。

「再怎樣也比大便大，而且大便是出去，妳是進進出出。」羅澤依舊微笑。

「羅澤齁！」

「好啦，解決方法我已經告訴妳們了，之後就讓妳們小兩口去商量吧。」俊男兩手一攤，準備離開現場。

「等一下！」林齊立刻喊住他。「你很常會把客人變成像我們這樣嗎？」

「當然不會，被發現就死定了。」

「那為什麼會選我們？」這是林齊一直好奇的點。

「我說過天使酒吧是為了幫人找到真愛對吧？」俊男露出了輕柔的微笑。「雖然我們走的方法比較極端一點，讓人有機會先性後愛，但我們也是挑過的，這一點一開始我也解釋過了。」

「至於變身這種事情，算是偷吃步，我超級偶而才會這麼做，選中的人當然要有一些條件，例如不會添亂暴料，但當然也是有選擇標準。就是內心已經有喜歡的人，卻一直嚷嚷著要找尋真愛，也就是說，我會給『尚未發覺自己已經有真愛』的人變身尋找機會，更直白一點，通常內心愛的那個對象都是同性，所以藉由轉換性別，來讓你們認知到自己真正愛的人。」

俊男說了一長串，林齊有聽沒有懂。

「簡單來講，就是林齊和我早就彼此喜歡，只是因為性別限制了我們的相愛，所以你才會幫我們轉換性別，讓我們有機會找到彼此對吧。」羅澤不愧是邏輯好的人，三言兩語就歸納出俊男的重點。

「沒錯～～當然一開始我並不知道妳們的對象就是彼此，我只是能看見妳們內心愛著同性別的對象，所以才會各別幫妳們變身。」俊男挑起一邊的眉毛，驚喜說道：「所以得知妳們兩個這麼巧就是彼此相愛的對象時，我真的感受到妳們東方人的那一套……命中註定！對吧？」

林齊和羅澤對看，嗯……好像有點害羞，但這麼說也沒錯。

要是沒有變成另一個性別，他們要到什麼時候才會發現對彼此的愛？

羅澤會一直遊戲人間？最後搞大某個女人的肚子後奉子成婚，再因為外遇離婚，然後周旋在不同女人之間？並且和林齊永遠是好朋友？

林齊呢？會一直找不到喜歡的女性，最後得過且過的和一個女人結婚，生了孩子，過了平凡的一生。然後時常和羅澤見面喝酒，話說當年？

他們會在很久以後發現喜歡彼此，還是在很久以後都還是朋友？

有些人終其一生都沒遇到對的人，或許真的是就是沒遇見遠在天邊的命中註定。

但另一種可能，會不會是從來沒有考慮過同性的對象，所以才沒遇到那個相愛的人呢？

我們總是會被社會上的道德與規範給框架住，即便在同性相愛已不是新鮮事的現代，對大多數的人來說，還是預設自己的戀愛對象就是異性。

所以，俊男所做的事情，就是推這些在荒野中迷惘的人一把，讓他們找到另一片從未想過的綠洲。

「我想說的是，謝謝你。」林齊扯了嘴角。「雖然一開始我也很不想承認，但……要說羅澤很積極嗎？如果不是她的積極，我也不會發現到這點。」

俊男沒想到會得到感謝，他難得有些害羞，然後露齒微笑。「哈哈，別客氣了，本來促成愛侶就是我們的工作。」

「不過要是我們一直沒找到彼此，難道就會一直這樣變身嗎？」羅澤好奇提問。

「基本上如果和不愛的人上床，就不會變身。」俊男挑眉。「妳們沒有和其他人上床嗎？」

「沒有！」

兩個人異口同聲，這讓俊男一愣。

「哇，看來妳們真的是命中註定的真愛耶。」

這句話讓兩人相識而笑，雙手也交握。

原來兜兜轉轉，真愛早就在身邊。

離開天使酒吧後，林齊和羅澤牽著的手還是沒有放開，兩個人靜靜地走在街道上，期間還被不少人搭訕，兩個人都忘了外表還是女人的模樣呢。

「羅澤，妳不想恢復我們原本的模樣嗎？」林齊開口道：「如果妳排斥被我進入，想要繼續維持現狀，那也沒關係。」

「妳不是說這樣很麻煩嗎？」羅澤有些詫異。「而且妳原本也很排斥男男外表的我們在外人面前表現相愛的模樣。」

「是很麻煩，也有點排斥。可是……無論哪種形式，只要和妳在一起就好。妳不想要做的事情，我也不會勉強。」林齊是真心這麼想的。

雖然會變身的確很麻煩，但現在兩個人也心意互通了，發生關係後不需要擔心被揭穿而急著逃跑，能自在地繼續待在原地。

況且，不同性別的性愛感受，確實很不一樣，林齊也算是蠻喜歡的。

只要身邊的人是羅澤就好，畢竟對方的感受也是很重要的啊。

羅澤沒想到會聽到林齊這樣說，她沉思好一陣子，覺得自己是不是太自私。

「我……其實也不是排斥……」羅澤緩緩地說：「我只是覺得很奇怪，我會怕痛。」

「是會有點痛啦，一開始也覺得很不習慣，感覺又很怪……可是其實還蠻舒服的。」林齊邊說邊紅了臉。「但是妳如果不想，就真的不用勉強啦，反正我們現在這樣子也很好啊。」

從前方的落地玻璃窗可以看見兩個女人牽著手站在一起，一個略微嬌小的女人有著金色的長髮，穿著合身的上衣與短褲，胸前的圖案都變形了。

而另一個黑色長髮的女人，穿著露肚子的小背心和貼身瑜伽褲，四肢纖長，皮膚緊實。

林綺和三上悠，這並不是她們真實的面貌，但卻陪伴她們兩個度過最重要的這段時光。

「我想，應該和她們說再見了。」羅澤淡淡地說。

「！」林齊驚訝地轉過頭。「妳決定了？」

「嗯，再怎麼樣，這副皮囊都是陌生人啊。」羅澤聳聳肩。「但消失了以後，我會想念她們的。」

「我也是……」林齊一笑。

兩個人漫步走回林齊的住所，一路都沒有說話，羅澤的心跳得好快，越來越緊張。

一進了家門，林齊立刻從後方抱住羅澤。

那柔軟的兩陀脂肪就壓在羅澤的背部，這觸感從今以後也不會有了吧。

羅澤回過頭，與林齊對望，雖然性別不同了之後，長相也都相差十萬八千里，但神奇的是那雙眼睛卻還是一樣，凝視著她，就像是看見林齊一樣。

而望著羅澤的雙眼，從瞳孔深處反射出來的，也是林齊自己。她們的雙眼之中有著彼此，存在於對方的眼底。

於是林齊靠向羅澤的嘴，柔軟的唇輕輕交疊、碰觸，接著張開了嘴，輕咬著彼此的唇，羅澤率先伸出了舌頭，與她纏繞著。

從唾液之中分泌了濕滑的液體，讓兩人知道對方此刻都情慾高漲。林齊伸手摸上了羅澤的胸，而羅澤也回摸。

「以後就摸不到這對大奶了。」羅澤笑著。

「妳以後也摸不到任何女人的胸部了。」林齊提醒。

「這是吃醋的表現嗎？」

「才不是。」林齊啃咬了羅澤的肩膀，從羅澤口中發出了女人的呻吟。

「這是最後一次，我們以女人的身分……」

「是啊。」林齊撫摸了羅澤的臉龐，這也是最後一次她看見三上悠的模樣了。

但無論是三上悠還是羅澤，都是同一個人，這雙眼睛、靈魂，都是她喜歡的那個人。

於是她們再次深吻，從玄關一路脫掉衣服來到了床上，林齊將羅澤壓在身下，這讓羅澤很不習慣，但林齊抬起了她的雙腳，將頭往下埋去，找尋花叢中的那一點，淌流出了許多蜜汁，她伸出舌頭輕舔，讓羅澤發出了呻吟。

「林齊，等一下……」羅澤抓著她的肩膀，不斷扭動著腰，這種酥麻的感覺，是之前幾次的性愛當中都沒有體驗到的。

因為她從來沒有讓林齊壓在身下過。

「我不會等的。」林齊抓住了羅澤的手，將自己的頭埋得更深，舌尖也滑入了洞穴之中。

「啊……」羅澤發出聲音，她遮住了自己的臉，好舒服，也好害羞，這還是她第一次在床上是被動的，她不知道該怎麼辦。

「羅澤，我喜歡妳。」

這聲告白來得突然，瞬間令羅澤濕了眼眶。

她立刻遮住自己的臉，不讓林齊發現。

明明只是一句簡單的告白，明明兩個人早就互相表示都有好感了，可是在這個瞬間，羅澤卻感動得一塌糊塗。

怎麼自己現在這麼感性，愛上了人就會這樣嗎？還是是因為被愛著呢？

林齊拉開了羅澤的腳，將自己的下半身也對準了羅澤的下方，兩兩摩擦著，使得兩個人用女人的身分到達了高潮。

而後，當兩人恢復成男人身分時，他們還有些不捨。

「我們要永遠與她們說再見了。」

「但即便如此，我們也都還在。」

兩個人擁抱，平坦的胸膛毫無阻礙地碰觸在一塊，林齊用上身磨蹭著羅澤的乳頭，使其挺立起。

羅澤抿唇。「真的要……」

「放心，我不會讓你痛的。」林齊邊說著，從一旁的抽屜拿出了指套和潤滑劑。

「你要拿那個做什麼？」羅澤驚呼。

「你在問什麼呀？你明知道的啊。」林齊忍不住笑了，看見羅澤害怕的神情，忽然明白為什麼羅澤總是會在床上欺負他。

他低頭親吻了羅澤的額頭，舌頭專注地舔舐羅澤的乳頭，發出像是動物在喝水般的聲音，快感與羞怯快將羅澤的理智淹沒。

林齊先放下了指套，伸手摸上了羅澤的前端，讓愛液湧出更多。

接著林齊再次往下探索，小嘴含下了羅澤的昂揚，溫暖的黏膜包覆住他的莖幹，笨拙地上下擺頭。

林齊的技巧絕對稱不上是好，連牙齒都會不小心碰觸到表皮，但正是因為這樣的青澀，才讓羅澤更加興奮。

「等、等一下！」羅澤推開了林齊。

「怎麼了？」林齊有些錯愕。

「不是要進來才能恢復原狀嗎？你這樣子舔，我很快就射了。」羅澤有些緊張。

「哈。」林齊聽了這樣的話，露出了可愛的笑容。

可惡啊，為什麼林齊會這麼可愛？

他的一切，他都好想要。

明明是想要林齊，該是自己壓在林齊身上的。

可是很神奇的是，在這個時候，羅澤居然心甘情願被林齊壓在身下，甚至好奇林齊會用怎樣的方式抱他。

那笨拙又惹人憐愛的青澀，就連口交都這麼小心翼翼，又要怎麼強硬地進入他的體內？

拚命想將他的全部吞進嘴中的林齊那泫然哭泣的模樣，令羅澤一陣顫抖。

「不妙……」他立刻壓住林齊的頭，於他的口中噴發出來。

他平常沒那麼快的，又不是沒被其他人口交過，只不過那些人都是女人，明明女人的小嘴技巧更好，怎麼林齊這麼爛的技術反而讓他提早洩出？

他覺得有點丟臉，畢竟自己平常都很持久，甚至操得林齊與林綺哀哀叫過，他立刻抽了床邊的衛生紙，對著林齊說：「把那些吐出來。」

「咦？吐……」林齊擦著嘴邊，口腔充斥著羅澤的味道。「我已經……」

「你吞下去了？」羅澤瞪大眼睛。「真搞不懂你到底是大膽還是害羞……」

「都到這種地步了，我應該是大膽吧？」林齊歪頭一笑，那氣息還帶著羅澤的氣味，使得羅澤再次血脈高漲。

「過來。」羅澤忍不了了，射精了也沒辦法緩解他想要再次占領林齊的衝動，所以他將林齊推倒。「屁股朝向我。」

「等一下，不對吧，是你要朝向我才對。」林齊提醒。

「……！」被這麼一說，羅澤的後庭居然隱隱抽痛，彷彿在期待什麼。

「我第一次，不會做得很好。不過我倒是被進入得很有經驗，所以能知道怎麼做你會舒服。」

「你說的話還真是前後矛盾，到底是會還是不會？」羅澤忍不住一笑，但還是緊張不已。

「我會啦，你轉過去。」

羅澤猶豫了一下，才轉過身去，天知道他這一轉是需要多大的勇氣，從來沒想過會被人進入，但是對象若是林齊，即便不是為了恢復原本的性別，只要林齊想，他也會願意。

於是羅澤感覺十分羞恥地抬起了屁股。

「你的屁股意外地很白耶。」

「住嘴！」羅澤羞紅了臉，對林齊的天然呆感到無所適從。

「你自己也很愛說，怎麼我說就不行了……」林齊無辜地抱怨，但雙手也沒閒著，撐開了兩旁的白布丁，羅澤那一張一合的小嘴居然也是粉紅色，這情色的身體是怎麼回事。

「哇～～羅澤，你一直以來不給我上真是錯了。」

「你就不能安靜地做嗎？」羅澤怒吼。

「好啦好啦～～」林齊將潤滑劑擠到了白布丁中央的紅潤小嘴上，突然的冰冷讓它緊縮了下，同時羅澤也發出呻吟。

這讓羅澤覺得陌生，這樣的聲音居然是從自己嘴中發出，他趕緊摀緊嘴，林齊喘著氣，拍了一下羅澤的屁股。

「啊！」因太過突然，所以羅澤喊了聲，接著氣惱地回頭看著林齊。「你做什麼啦！」

「不要摀住你的聲音，我想要聽。」林齊被性慾熏紅了眼睛，空氣中的每一絲氣體都充斥著情慾。

「你……」羅澤紅起臉，覺得好想找洞鑽，好害羞。

明明兩人不是第一次上床了啊，不過是攻受互換，居然差異這麼大嗎？

他能聽見林齊粗重地喘著氣，將食指套入指套之中，試探性地碰了上去。

好熱。

接著他輕輕探入，強烈地異物感讓羅澤發出呻吟。

好緊。

「會痛嗎？」林齊幾乎要認不得自己的聲音，壓抑著慾望，連說話都費力。

「不、不會……只是……很奇怪……」羅澤居然哭了出來，他自己都搞不懂為什麼流淚。

但最衝擊的莫過於林齊了，他見到羅澤的眼淚，理智差點喪失。

「那我要更深入了。」食指插入到第二個指節，他想找尋網路上說的，會有顆硬硬粗粗的點，就像羅澤之前弄自己一樣。

「你不要這麼用力，這樣夾得太緊，我現在只有一根手指。」林齊另一隻手撫摸上羅澤的背，想要安撫他，但輕滑過的觸感，使羅澤一顫。

「我很想說，要是指頭沒辦法進去三根的話，我那根也進不去……但事實是，我的那根並不大，所以現在就可以進去了。」

「……」

「你想我進去吧？」林齊又問。

「嗯……想……」羅澤輕答。

「那你就放鬆，把自己交給我。」林齊俯身吻著他的腰，另一隻手也握住羅澤的性器來回套弄，果然很大啊。

「不、不要再這樣弄我了……快點進來……」羅澤哀求的模樣太過誘人，林齊忍不了了，他的手抽出羅澤的體內，並撕開了新的保險套，套在自己的陰莖上。早已期待許久的性器興致勃勃，前端抵在羅澤的洞口前。

「我要進去了喔。」林齊說，接著一挺而入。

「啊————」羅澤倒抽一口氣，的確，林齊雖然不大，但是強烈的異物感還是使得羅澤不自覺地扭動著腰。

「好緊……」林齊低喃：「會痛嗎？」

「不會……」羅澤的眼眶濕潤，他的心彷彿也被塞得滿滿的。

「那我要動了……」林齊咬著下唇，每次進入，都能感受到要被擠壓出來的快感。

強烈的快感令羅澤暫時喪失了理智，這時候林齊退出了他的身體，一陣強烈空虛襲來，但林齊只將羅澤轉過了身，使兩人面對面，然後又再次進入。

「啊！」羅澤再次被填滿，他伸出了舌頭索求著林齊給他更多的碰撞與親吻。

於是林齊吸住他的舌，炙熱的口腔含著、把玩著，下身也加快速度地挺進。羅澤的性器同時也高挺著，前端露出了透明黏液。

羅澤分不清此刻的快感究竟是後穴的熱辣摩擦，還是被兩人腹部所夾住的性器摩擦導致的浪潮。

「羅澤，我愛你。」林齊加快律動的速度，裡頭濃稠地觸感和壓迫的肉壁，不斷搔刮到羅澤的敏感地帶。

「咦……」沒想到會聽到這樣的話，羅澤愣住，下一秒哭了出來。「我也愛你。」

在林齊的懷中，羅澤變成了一個愛哭又愛撒嬌的人。

體液與潤滑液攪弄著，不斷發出淫靡的聲響，堅挺在搖晃中劇烈進出，蠢動的熱液在兩人的下體中迅速膨脹，接著噴發出來。

啊啊，這麼多的日子以來，他們終於走到這步，之後，他們真的可以恢復回原本的模樣嗎？

♡

筆在紙上劃過的聲音充滿整間教室，所有人都聚精會神地寫著考試卷，林齊抓著頭，看著題目想著到底答案是什麼，最後在時間快到時，隨便猜了一個選項後交卷。

「這種考試生活什麼時候才會結束？」下課後，他苦喪著臉抱怨。

「等到出社會就不需要考試了。」一個同學回答。

「不一定啊，還有考績耶。」另一個男同學說。

「考績又不是考試卷，有沒有腦？」結果被人反駁。

「反正再怎麼不甘願，學生生活也沒幾年了。」羅澤拿起一旁的原文書，然後看向林齊。「要換教室了。」

「喔。」林齊乖乖拿起一旁的背包。

而同學們面面相覷，其中一個人率先開口。

「你們兩個最近有點古怪。」

「古怪？」羅澤挑眉。

「是啊，雖然以前你們就很常混在一起，但是感覺跟以前不太一樣。」

「話說很久沒有聯誼了耶，羅澤，你沒有局嗎？」

男生們問起，而林齊呶著嘴，羅澤倒是聳肩。

「我不會再聯誼了。」

「為什麼？你定下來了？」

「怎麼可能，小羅澤哪有辦法忍耐！」

男生們不信，而他們的對談也引來其他女生們的注意。

「嗯，因為我和林齊正在交往。」他坦然地宣布這重磅消息，讓林齊握緊了手中的背帶，紅起了臉。

「什麼！」

在眾人的驚呼聲中，羅澤牽起了林齊的手。「那我們就先走啦。」

「等一下！怎麼回事！什麼時候！」

「你們不是一起搞女人的兄弟嗎？什麼時候搞上了！」

「等等！所以羅澤你喜歡男的？」

教室的人掀起一陣驚叫聲，所有人對於這突如其來的消息驚慌失措，此起彼落地大吼大叫。

「真的假的！所以之前和我算什麼？」女神吼。

「那我呢？」另一個女生也吼。

「但這樣我就能接受，喜歡男的才無法只專注在一個女人身上啊。」也有女生持不同意見。

「總之，就是這樣。」羅澤丟下震撼彈後就離開，而林齊的臉紅到耳根，就這樣與羅澤一起離開。

羅澤當然不是在沒有林齊的同意之下告訴大家，這是兩個人經過討論過後，覺得可以公開的。

畢竟，他們打算長遠的交往，不可能隱瞞還要相處一年多的同學。

況且原本是來者不拒的羅澤忽然不流連在女人之間也說不過去。

但最重要的是，當兩個人相愛的時候，就是會想要大聲宣告天下，告訴大家這好消息，讓大家看看自己的伴侶。

「明天要怎麼和大家見面……」林齊羞紅了臉，雖然自己也同意告知大家這喜訊，但是真的被眾人知道時還是很害羞。

「自然就好啦。」羅澤牽著林齊的手沒有放開，引來校園其他人的關注，也絲毫沒有動搖。

「不知道以前和我們上過床的女生們會怎麼想。」林齊說。

「我都不擔心了，你擔心什麼。」羅澤挖苦。「你數量又沒我多。」

「呿。所以你一直流連在眾多女人之間，是因為沒發現自己喜歡的是男生嗎？」

「如果要用性別來決定喜歡與否的話，好像有點太籠統了。但要說是因為你所以才喜歡，無關乎性別這種話，又顯得太矯情。」羅澤聳肩，思索著該怎麼說才符合自己的心情。「我想，正是因為我們交換過了性別，先是遇見了異性的對方，才明白無論今天你是男是女，我對你都硬得起來。」

「羅澤，你一定要這樣說嗎？」

「對我來說這可是超級讚美。」羅澤嘿嘿笑了兩聲，但林齊明白羅澤的心意。

他也握緊了羅澤的手，這雙得來不易的手。

他慶幸那一天在天使酒吧喝下了那杯調酒，在轉換了性別之後，看見了愛情的可能性，才能夠把一直在身邊的羅澤當作戀愛對象。

他不會說不變性有一天也會愛上羅澤這種話，正是因為先轉變了性別，才發現了愛情，進而對方是男是女都無所謂了。

「羅澤，我說過我愛你了嗎？」

突如其來的告白讓羅澤愣了下，接著瞬間紅起了臉，剛才大方從容的模樣全都消失，一手摀著自己的臉頰。

林齊當然不會放過這個機會，他盯著羅澤的臉。「怎麼這樣就臉紅了？」

「因為你、你已經說過了，在上次……」

「喔，上次，我上你的時候？」

「好了，林齊。」羅澤嚴厲的語氣和通紅的臉蛋完全成反比。

「我們更害羞的事情都做過了，沒想到你還會因為這樣臉紅。」林齊又發現羅澤新的一面了。

「你才奇怪，芝麻小事就愛臉紅，但是該害羞的事情卻……」羅澤想起被林齊抱的那個夜晚，紅起了臉，感覺那種被征服的快感似乎又湧起。

「羅澤，或許你意外的是個Ｍ。」林齊握緊了羅澤的手。「我們在某方面，真的蠻配的喔。」

羅澤瞇眼，掙脫了林齊握住的手，然後勾住他的肩膀。「你可別得意，再來就瞧瞧我的厲害。」

「什麼？之後還是我讓你抱嗎？」

「不然呢！」

「偶而交換一下吧！」林齊食指滑過羅澤的腰間脊椎，讓羅澤起了雞皮疙瘩。

「你不要！亂摸！」他怪叫。

「哈哈哈。」

兩個男人相識一笑，又握起了彼此的手，走在現今已經沒有人會投以怪異眼光的康莊大道上。

他們能自由戀愛，自由選擇戀愛的對象，而任何人都不會有所疑問。

他們唯一的困難就是，要如何發現愛情？

而你們呢？

曾經尋尋覓覓，在眾人之間往返流連，卻都沒有找到能觸動你心的對象嗎？

你是否認為，或許你就是沒辦法愛上別人？

既然如此，天使酒吧或許是你可以選擇的去處之一。

宛如雕像般俊美的外國男子正站在吧檯裡，他背後的潔白翅膀只有被選中的人可以看見。

當他遞給你一杯雞尾酒時，不要猶豫，喝下它吧。

它會帶領你找到真愛，但或許不是你期望的方式。

可是又怎麼樣呢？人生不就是要多嘗試嗎？

只要能夠找到真愛，就算顛覆你的想像，那也很值得不是嗎？

瞧，那杯酒有著清透的藍，但下一瞬間又變成粉紅，飄升著些許氣泡。

就等你伸出手，畢竟真愛，也是要靠自己雙手去找尋。

（全文完）

番外篇　邱比特也是需要邱比特

邱比特是神嗎？

硬要說的話，算是神沒有錯，但是嚴格說起來，也不太算是神。

神比較像是他們的上司，但是根據他們的「業績」，有機會升職為神。而若是業績不好，頻頻出錯，那可能就要「降職」到人間。

但，並不是成為人類喔。只是在人間修煉幾年，有機會又變回神的下屬，再根據業績升職為神。

大概就是這樣。

俊男的目標，就是在短時間內升職為神，只要成為了神，就不用這麼辛苦工作了。

「我這個月湊合了一百對情侶，厲害吧？」翅膀上的羽毛帶有些許粉色，這是俊男的同事美男。

「一百對算什麼，帥男上個月可是一百五呢。」英男說。

「呿，湊合這麼多對有什麼用，還在一起的有多少？」帥男回。

「大家以為真愛不會分手，錯了，只要是愛都有消散的一天，端看人們懂不懂得昇華。」俊男搖晃著酒杯，而其他邱比特睥睨看著他。

「業績最差的人還敢說教啊。」

「什、什麼！我業績哪有差！」俊男紅起臉，他的翅膀也因為憤怒而微微顫抖。

「你已經連續三個月鴨蛋了，拜託，我們可是在酒吧耶，要湊合人類上床到底有什麼困難？」帥男冷笑，其他邱比特也附和。

「你們等著看！我一定會逆轉勝的。」

「好啊，就來打賭看看啊。」

「賭什麼？」俊男問。

其他幾個邱比特互看一眼。「賭一根羽毛？」

「你們每個人給我一根？」俊男眼睛亮起來。

「但同樣的，要是你輸了，你可得給我們每個人一根羽毛。」

這賭局似乎不太划算，但是事以至此，要是反悔就顯得難看了，所以俊男只能硬著頭皮答應。

打賭的這件事情，傳到了大Boss的耳裡，但不知道為什麼，只有俊男被叫到了辦公室。

Boss高大魁武，湛藍的雙眼、金色的頭髮，五官宛如雕像般完美又稜角分明，是個連邱比特都會不自覺嚥口水的美麗外表，當然，也因為Boss夠嚴肅。

「要是你賭輸了，要拔掉那麼多羽毛給他們？太魯莽了。」Boss的聲音低沉又有磁性，他的指尖在桌面上來回敲著，瞇著眼看著俊男。

「Boss，怎麼認定我會輸呀，說不定我會贏啊。」

Boss沒多說什麼，只是定睛看了會兒後，便要俊男離開了。

於是，俊男後來才會鋌而走險，讓羅澤與林齊變性，這當然使得他的業績一飛沖天。

辦公室裡頭傳來眾多邱比特的哀號與不可置信。

「怎麼可能在這麼短的時間內你業績衝這麼高？是不是作弊？」帥男大叫。

「這樣很難看喔，有Boss坐鎮，我是要怎麼作弊啊？輸了就輸了～～別找藉口。」俊男驕傲得很，朝所有邱比特伸出手。

「是啊，有Boss在，這業績表也是Boss公布的，俊男不可能作弊啦。」美男倒是乾脆，直接拔下了淡粉色的羽毛給他。

「俊男好狗運，讓他湊合了一對不會分手的真愛，而且還是零分變成一分的那種，很難遇見，當然業績高。」英男說著，也拔下了他的淡淡藍色羽毛給俊男。

幾個邱比特陸續給了俊男羽毛，讓他的手裡充滿了各色羽毛，美不勝收。

「拿來吧，帥男～～」俊男嘲笑似地朝帥男伸手，他心不甘情不願地把自己閃亮亮的羽毛拔下來給他。

「當心撐死！」帥男不忘給這個祝福，俊男就當他是心情不佳的咆哮。

他開心地拿著眾多羽毛，準備回自己的房間，卻看見Boss站在那。

「Boss！」他因為心虛，趕緊把所有羽毛往身後一藏，但散發著光芒的羽毛哪可能隱藏得了。

Boss瞥了一眼，然後轉身進到了俊男的房間，他嚥了嚥口水，也跟著進去了。

邱比特所在的世界算是天界與人界的一個中繼站，而酒吧的某扇門後連接的就是這裡，而在這裡，每個邱比特都有屬於自己的房間，與其說是房間，說是空間更適宜。

門後，可以隨著這間房間主人的思想，隨意轉換空間擺飾，更甚至是環境。

「你拿了這麼多羽毛，要做什麼呢？」Boss問。

「就先收藏起來。」

「找一天跟誰用呢？」

「這……」

俊男的話都還沒說完，Boss俯視著他，露出下體的昂揚，這讓俊男嚥了一口口水，當Boss來找他時，他就預料到這樣的發展。

他俯身，張口含住了Boss的分身，上下來回地吞吐著。

「技術太差。」Boss冷聲，抽起了俊男手中的一根羽毛，然後插入俊男的翅膀之中。

「啊……」一陣快感傳入兩人體內，俊男可以感受到口中的物體變得更加堅挺，同一時間頂到了他的喉嚨裡，讓他眼睛泛淚。

接著，又一根羽毛插入他的翅膀，俊男因此射精，而Boss推開了俊男，將他翻身後直接進入。

「啊！」俊男發出叫聲，同一時間Boss將所有的羽毛都插入俊男的翅膀之中，加快了律動，俊男因快感不斷襲來而昏迷。

「起來！」Boss拍醒了他。「我還沒到。」

「Boss，對不起，我已經不行了……」俊男掉著眼淚求饒，只見Boss嘴角一笑，最後衝刺後，將所有體液噴入他的後穴之中。

完事後，俊男倒在蓬鬆的雲朵上喘氣，而Boss穿上了西裝。

「店快營業了，收拾一下就出來。」

「Boss……」俊男看著Boss的背影，怎麼感覺Boss好像在生氣呢。

「你以為我會讓你擁有這麼多羽毛，找機會跟別人使用嗎？」Boss斜眼看他。「你做的事情，我可是睜一隻眼閉一隻眼，這樣懂嗎？」

不懂。

但是俊男不敢說。

他們的羽毛，是最佳的催情春藥，酒吧裡頭的調酒，加入的劑量不過是一根羽毛上的小小一根細毛。

由此可知，Boss一口氣將所有羽毛插到了俊男的翅膀上，他所感受到的可是好幾千倍的快感與高潮。

「我再也不敢了。」俊男老實道歉，Boss知道林齊和羅澤的變性，只是剛好他們是不會分手的那種真愛，讓俊男矇到一個正當理由。

「……」Boss轉身，一手抓住俊男的下巴往上抬。「你拿羽毛，原本是想跟誰使用？」

「我沒有，我只是收藏。」

「收藏？」

「對，羽毛很美，我只是……」

「哼。」Boss鬆開了手，看著裸身的俊男。「你今天休息吧。」

「咦？」

「站都站不穩了。」Boss說完後，手摸過了俊男的臉，指尖輕輕滑過，這讓俊男頓時起了雞皮疙瘩。

「走了。」Boss離開了他的房間，而俊男摸不著Boss的行為。

這些行為，彷彿Boss他……

「不可能吧？」俊男打了自己的臉一下，趕走這荒謬的想法。

天使酒吧，有眾多邱比特存在，他們會幫助人類找到愛侶。

然而邱比特，有時候也需要邱比特。

（番外篇完）

後記

很高興又再次和大家見面啦！

謝謝你購買《親吻、擁抱，直到男女通吃！》，請讓我先問你一個問題，你滿十八歲了嗎？

當初在寫這本時，因為是每週連載的關係，所以我是每個禮拜寫一篇。

那時候一直想說要一口氣寫完，這樣子還能給大家搶先看的選擇，無奈當時懷孕加生小孩，所以只能每週一篇就是極限了。

且也因為每週一篇，雖然故事是連貫的，但是對我來講是一個禮拜寫一篇，每次要寫的時候就要回去看寫到哪了。

而有這個機會出版實體書，讓我再次重新修潤的時候，才赫然驚覺，這也太色了吧？

哈哈哈為什麼那時候會寫出這麼色氣的作品？我重看一遍想，這真的是我寫的嗎？有好多詞彙是我用的嗎？那時候是不是被附身了啊！

同時，我又有點害羞。因為一直以來我寫的都是「清純」派，就算偶而有些床戲，也都是簡單的帶過。可是這一本可是貨真價實的男女通吃，各種性別都有來一次，還攻受交換了。

哎呀，我真是忍不住在限動提醒大家，如果是喜歡清純派的話，這本請跳過吧！不然我真的有點小擔心會不會讓你過度驚嚇啊！

不過雖然這本乍看之下好像是無腦爽肉，但裡頭還是有探討了愛情，以及如何發現愛情。在我重新看的時候，也很訝異自己會這麼詮釋愛情。（自肥？）

以前寫作，我都說寫到凌晨時，在那種快昏倒、快睡著、累到不行的迷濛之間，寫出來的劇情和文字最特別，隔天看都有一種「天呀，是小精靈幫我寫的嗎！」的感覺。

但橘子出生之後，我已經不太會有寫到快昏倒的那種狀況，因為每天都好累，所以我寫到十一點前就會上床了。

不過生小孩後容易健忘，所以我寫的故事真的是都忘光光，於是現在對我來說，看見《親吻、擁抱，直到男女通吃！》的內容，就像是全新的故事一樣。也就是說我隨時都處在「這是小精靈幫我寫的嗎？」的狀態之下，這樣好像也很不錯！

我個人是蠻喜歡這個故事的，雖然有點太過色氣，但是對於主角們的情感交流我也很是滿意。

一開始得知要出實體書時，便提到了要寫番外篇，我當時就想說配合出書日，就來寫個聖誕節，攻受交換吧！

結果當我重新校對後，才發現在本文我就寫了攻受交換了，看看我有多失憶。所以最後想了想，林齊與羅澤的故事我都寫完了，不如就來寫寫其他角色吧。

我想，大家一定也對俊男有點期待吧？對吧對吧！

希望你們會喜歡這個故事，也喜歡番外篇。

然後，如果你喜歡我寫的肉、我給的糧，那還請不要吝嗇分享心得給我，無論是ＩＧ或是尾巴Misa 粉專都可以找到我喔！

希望下次還有機會可以在實體書見～～

尾巴Misa

國家圖書館出版品預行編目(CIP)資料

親吻、擁抱，直到男女通吃！/ 尾巴 Misa 作 .
-- 初版 . -- 臺北市：臺灣角川股份有限公司，
2023.12
　面；　公分
ISBN 978-626-378-287-7(平裝)

863.57　　112017358

親吻、擁抱，直到男女通吃！

作　　者　尾巴 Misa
插　　畫　Misty系田

2023 年 12 月 21 日　初版第 1 刷發行

發 行 人　岩崎剛人
總　　監　呂慧君
編　　輯　陳育婷
美術設計　吳乃慧
印　　務　李明修（主任）、張加恩（主任）、張凱棋

台灣角川

發 行 所　台灣角川股份有限公司
地　　址　台北市中山區松江路 223 號 3 樓
電　　話　(02) 2515-3000
傳　　真　(02) 2515-0033
網　　址　www.kadokawa.com.tw
劃撥帳戶　台灣角川股份有限公司
劃撥帳號　19487412
法律顧問　有澤法律事務所
製　　版　尚騰印刷事業有限公司
I S B N　978-626-378-287-7